U0618722

"绿野仙踪"系列

奥兹王国的葛琳达

〔美〕弗兰克·鲍姆 / 著

卢军坪 / 译

人民文学出版社
PEOPLE'S LITERATURE PUBLISHING HOUSE

图书在版编目（CIP）数据

奥兹王国的葛琳达 ／（美）弗兰克·鲍姆著 ；卢军坪译 . -- 北京 ：人民文学出版社，2020

（"绿野仙踪"系列）

ISBN 978-7-02-014484-6

Ⅰ . ①奥… Ⅱ . ①弗… ②卢… Ⅲ . ①儿童小说－中篇小说－美国－近代 Ⅳ . ① I712.84

中国版本图书馆 CIP 数据核字 (2018) 第 187490 号

责任编辑　**卜艳冰　张玉贞　汤　淼**
装帧设计　**高静芳**

出版发行　**人民文学出版社**
社　　址　**北京市朝内大街 166 号**
邮政编码　**100705**
网　　址　**http://www.rw-cn.com**

印　　制　**杭州钱江彩色印务有限公司**
经　　销　**全国新华书店等**

字　　数　**126 千字**
开　　本　**890 毫米 ×1240 毫米 1/32**
印　　张　**7.25**
版　　次　**2020 年 4 月北京第 1 版**
印　　次　**2020 年 4 月第 1 次印刷**

书　　号　**978-7-02-014484-6**
定　　价　**46.00 元**

如有印装质量问题，请与本社图书销售中心调换。电话：010-65233595

Contents 目录

献给我的儿子罗伯特·斯坦通·鲍姆

第一章

责任的召唤

　　奥兹的伟大巫师葛琳达坐在她宫殿的大殿上，被她的宫女所围绕着——奥兹仙境上最美丽的一百名少女。这宫殿是用稀有的精心打磨过的大理石建造而成。音乐喷泉在各处闪耀，巨大的立柱面向南方而立，让所有正在缝纫的少女们从工作中抬起头来时，可以看到一大片广袤的玫瑰色调的田野和结着果实或者散发着甜美花香的树木丛。有时候，一个女孩会开始唱起歌来，其他人就会一起加入和声，或者一个女孩起身跳舞，合着另外一个女孩弹奏的竖琴曲子而摇摆。葛琳达看到这些总会微笑，因为她很高兴她的侍女们可以一边玩耍一边工作。

　　而现在，田里有一个东西正在穿过朝向城堡大门宽阔的路，有些女孩羡慕地看着它，女魔法师没有一直看着，但点着头，很开心的样子。因为这意味着她的朋友和女主人的到来——在这片土地上葛琳达唯一需要弯腰行礼的人。

　　在路上慢跑着的是拖着一辆红色皇家马车的木头动物，就在这个精巧的骏马停在门口的时候，从马车里走下来两个年轻的女孩，奥兹王国的统治者奥兹玛和她的伙伴多萝西公主。她们两个都穿着简单的白色棉布长裙，当她们跑上宫殿大理石台阶的时候，她们笑着聊着，非常欢乐，根本看不出她们是这个可爱的仙境里最重要的人。

　　首席大宫女已经站起来低头问候奥兹玛公主，而这时葛琳达伸出手臂来拥抱她的客人们。

　　"我们只是过来拜访一下，你懂的。"奥兹玛说，"多萝西和我都在想我们今天应该干什么，然后我们就突然记起来我们已经有好几周没有来奎德林国拜访你了，所以我们就驾驶锯木马直奔这儿了。"

　　"而且因为我们的速度太快了，"多萝西说，"所以我们的头发都被吹得乱糟糟，锯木马跑的时候会带起来一阵风。一般我们从翡翠城到这里要花一整天，但是我都没想到今天只用了两个小时。"

"这里最欢迎的就是你们了。"伟大的巫师葛琳达说，然后带她们穿过大殿来到宏伟的接待大厅。奥兹玛挽上女主人的手臂，多萝西在后面，一路亲吻问候她认识的一些侍女，并和不认识的侍女交谈，让她们都觉得她是她们的朋友。最后当她到达接待大厅的时候，她发现奥兹玛和葛琳达正在认真地讨论人民的近况，以及如何让人民们更加幸福安康——尽管他们已经是这个世界上最快乐幸福的人了。

　　这是奥兹玛很感兴趣的事情，但是多萝西并不太感兴趣，于是她跑去了一张大桌子上，那里放着葛琳达伟大的魔法书。

　　这本书是奥兹王国最伟大的珍宝之一，女巫师也认为这是她所有的魔法物品中最厉害的一件。这也就是为什么这本书被黄金锁链牢牢地锁在这大理石桌子上，当葛琳达离开家的时候，她就把这本书用五把珠宝挂锁锁起来，然后把钥匙藏在她的怀里。

　　我认为在这仙境里没有任何可以和这本魔法书相媲美的东西，因为这本书里正在不停地书写这个世界上所有角落里发生的每一件事，而且是在它们正在发生的时候。这些记录都是真实的，虽然有的时候它们不会给出人们想要的一些细节。因为这个时候有太多的事情发生，所以记录必须简单明了，要不然这本伟大的魔法书也记不下这么多。

　　葛琳达一天会好几次翻阅这本书，多萝西每次来拜访这位女

巫师的时候，也总是喜欢来看这本书，看世界的角落正在发生着什么。关于奥兹仙境的事情记录的不是很多，因为这里一直很和平，没有什么特别的事情发生，但是今天多萝西发现了一些让她很感兴趣的东西。就在她看的时候，还有很多事情在被书写。

"这个太有趣了！"她叫道，"奥兹玛，你知道吗，在奥兹王国还有一些人叫做斯克则人？"

"是的，"奥兹玛边回答边向她那边走来，"我知道在沃格乐巴哥教授的奥兹王国地图上，有一个地方叫做斯克则，但是斯克则人长什么样子我不知道。没有人见过他们，也没有人听说过他们。斯克则王国在吉利金王国的上边缘，一边是风沙漫天、无法通过的沙漠，一边是奥嘎啵山脉。这也是我了解得很少的奥兹王国的一部分。"

"我想也没有其他人对这个国家知道得更多，除非是斯克则人自己。"多萝西说，"但是这书上写着：'奥兹王国的斯克则人已经开始和奥兹王国的弗拉特赫兹人开战，而且看起来这战争会引起更多的麻烦。'"

　　"这就是书上写的全部内容？"奥兹玛问道。

　　"就这些了。"多萝西说。于是奥兹玛和葛琳达都走过来看这本魔法记录书，她们都感觉很惊讶和困惑。

　　"告诉我，葛琳达，"奥兹玛问道，"弗拉特赫兹人又都是谁？"

　　"我不知道，陛下。"巫师坦白道，"直到刚才，我从来没有听过他们的名字，也从不认识刚才提到的斯克则人。在奥兹王国远远的角落里藏着很多谜一样的部落，这些人从不离开自己的国家，也从不拜访我们已知的奥兹王国的其他地方，我就不认识他们。不过，如果你这么想知道的话，我可以用我的魔法来找到关于斯克则人和弗拉特赫兹人的资料。"

　　"我希望你可以，"奥兹玛严肃地回答道，"你看，葛琳达，如果他们是奥兹人民的话，也就是我的人民，我绝不允许在我管理的地方有战争或者是麻烦。如果可以的话，我要插手这件事情。"

　　"好的，陛下。"巫师说，"我会找到一些信息。现在我要离开一下，去我的魔法室。"

"我可以跟你一起去吗?"多萝西渴望地问道。

"不可以啊,公主,"巫师回答,"如果有其他人在场观看的话,会让魔法失败的。"

于是葛琳达把自己锁在魔法室里,多萝西和奥兹玛在外面耐心地等待她再度出现。

大约一个小时之后葛琳达出现了,脸色看起来很严肃和若有所思。

"殿下,"她对奥兹玛说,"斯克则人住在一个大湖里的魔法岛屿上。因为这个原因——斯克则人也会用魔法——我只能知道关于他们的一点点信息。"

"为什么,我不知道在奥兹王国的那个地方还有一个湖啊,"奥兹玛说,"这地图显示穿过斯克则王国的是一条河而不是一个湖。"

"这是因为画这幅地图的人从来没有去过那个地方,"巫师回答,"湖是肯定在那里的,在湖里还有一个岛——一个魔法岛屿——住在那个岛上的人就叫做斯克则人。"

"他们长什么样?"奥兹的统治者问。

"我的魔法不能告诉我答案,"葛琳达坦白道,"因为斯克则人的魔法让他们国度之外的任何人无法了解他们的事情。"

"那些弗拉特赫兹人肯定知道,因为他们正要和斯克则人开战。"多萝西说。

"也许吧，"葛琳达回答道，"但是对于弗拉特赫兹人也只能知道一点点。他们就住在湖那边一点的山上。这山十分陡峭，但是顶上是凹进去的，就像一个洗脸池，那些弗拉特赫兹人就住在这水池的地方。弗拉特赫兹人大概只有一百人——包括男人、女人和小孩——而斯克则人正好是一百零一个人。"

"他们为什么争吵，为什么要和对方开战？"奥兹玛继续问道。

"我没法告诉你，陛下。"葛琳达说。

"但是看这里！"多萝西说，"除了葛琳达和奥兹的小巫师之外，任何人使用魔法都是违背法律的，所以如果这两个陌生的民族会用魔法的话，他们就没有遵守法律，就必须受到惩罚！"

奥兹玛对她的小朋友笑了笑。"那些不知道我的存在也不知道我法律的人，"她说道，"不可能会去遵守我的法律。如果我们对于斯克则人和弗拉特赫兹人一点也不了解的话，看来他们也很可能一点都不了解我们。"

"但是他们需要知道，奥兹玛，我们也需要去了解他们。谁去告诉他们，我们怎么去让他们正确地生活呢？"

"这个，"奥兹玛回答，"这是我正在思考的问题。你怎么看，葛琳达？"

女巫在回答之前想了一小会儿。然后她说道："如果你不是通过我的魔法记录书知道弗拉特赫兹人和斯克则人的存在，你就永远不用为了他们的争吵而担心。所以，如果你不去注意这些人的话，你就不会再听到任何关于他们的消息了。"

"但这是不对的，"奥兹玛说，"我是奥兹王国的守护者，包括吉利金王国、奎德林王国、温基王国和芒奇金王国，还有翡翠城。我的责任是保障所有我的人民——不管他们在哪里——快乐、幸福、满足，帮助他们解决问题，让他们不再争吵。所以，虽然斯克则人和弗拉特赫兹人不知道我的存在，不知道我是他们的法律统治者，但是现在我知道了他们在我的王国境内，是我的臣民，我就有责任和义务去帮助他们，让他们不去挑起战争。"

"是这样的，奥兹玛，"多萝西评论道，"你必须到吉利金王国去让他们管住自己的行为，平复他们的争吵。不过你打算怎么做呢？"

"这也是让我犹豫的事情，殿下。"女巫说，"对于您来说，到那些陌生的国度去会有些危险，那些人民可能很暴力，很热爱战争。"

"我不怕。"奥兹玛说，微微一笑。

"这不是怕不怕的问题，"多萝西同意道，"当然我们知道你是一个精灵，是不会被杀死或者被伤害到，而且我们也知道你有很多能帮助自己的魔法。但是，亲爱的奥兹玛，尽管拥有这些，你以前也陷入过麻烦，因为那些邪恶的敌人诡计多端，让奥兹王国的统治者陷入险境也是不正确的做法。”

“也许这对于我来说一点也不危险，”奥兹玛回答，仍然微笑着，“你们不该一直想着危险，多萝西，我们应该去想那些好的事情，而且我们不确定斯克则人和弗拉特赫兹人是邪恶的人类或是我们的敌人，也许他们都是好人，而且是会听从道理的人。”

“多萝西是对的，陛下，”巫师说，“确实我们不知道任何关于这些远方人民的事情，除了他们打算双方开战，而且还会一些魔法。这些人恐怕不会接受插手调停，他们很有可能会憎恶你的到来，而不是像你预期的那样接受你高雅和蔼的问候。”

“如果你带着一队军队去的话，”多萝西补充道，“也就不会那么糟；但是在整个奥兹王国都没有军队这个编制。”

“我有一个士兵。”奥兹玛说。

“是，那个留着绿色胡须的战士；但他非常害怕自己的枪，都从来没有往里面填过弹药。我确信要战斗的时候，他肯定会跑开。而且只有一个战士的话，即使他非常勇敢，也不可能打得过二百零一个弗拉特赫兹人和斯克则人。”

“那你有什么建议呢？”奥兹玛问。

“我建议你让奥兹的巫师去那里，让他去告诉他们战争是违背奥兹王国法律的行为，而且你命令他们要解决争议，成为朋

友。"葛琳达建议道，"让巫师告诉他们，如果他们不遵守奥兹王国公主的命令，就会受到惩罚。"

奥兹玛摇了摇头，表示这个建议不是她所满意的。

"如果被拒绝的话怎么办？"她问道，"我可以带去我的威胁和对他们的惩罚，但这就变得让人不愉快，也很难让我下手。我确信还有更加和平的方法让他们听话，不需要用军队或者是我身为统治者的威严，去强迫他们服从我。不过，如果他们还是表现得很顽固的话，我就会用其他的方式来对付他们的顽固。"

"这真是一件棘手的事情，不过不管怎么说，你还是会有办法的，"多萝西叹道，"我很抱歉看到了书上的这个信息。"

"但是你有没有想到，我需要完成我的职责，因为我意识到了这个问题。"奥兹玛说道，"我已经决定立刻前往斯克则人所在的魔法岛屿和弗拉特赫兹人所在的魔法山，阻止他们的战争，调节他们的矛盾。唯一的问题是我应该一个人去，还是找一群朋友或我的皇家大臣们随我一起去。"

"如果你去的话，我也要去，"多萝西说，"不管发生什么都会很有趣的——因为刺激就是乐趣——我是不会错过这个世界上任何乐趣的！"

奥兹玛和葛琳达都没有注意到她的这番言论，因为她们都在严肃地研究这个冒险旅程。

"会有一大帮朋友愿意和你一起去的,"女巫说,"但是在当你有可能陷入危险的时候,任何一个人都没法给予你保护。你是奥兹王国最有能力的精灵,尽管巫师和我有更多的魔法口令。但是,你拥有的一项本领是整个世界都无法匹敌的——一颗必胜的心和让人们因你的高贵而主动低头的魅力。正因为这个原因,我觉得你最好还是自己一个人去而不是带着一大帮人去。"

"我也是这么认为的,"公主赞同道,"你知道的,我照顾自己还是很在行的,但是我不可能同时照顾和保护到那么多人。不过我也不会去找别人的麻烦。我会温和地和这些人民沟通并且调解他们的矛盾——用一种礼貌的方式。"

"你也不打算带上我吗?"多萝西恳求道,"你还是需要陪伴的,奥兹玛。"

奥兹玛公主对着她的小朋友微笑。

"我也找不到不要你陪我同去的理由,"奥兹玛回答道,"两个女孩看起来没有攻击性,他们也不会觉得我们是被派遣来的,我们看上去是友好和平的人。但是为了防止他们打仗以及还需要平复两边愤怒的人们,我们必须马上出发。让我们现在就回翡翠城里去准备我们旅途的东西,明天一早就出发。"

葛琳达对于这个计划不是很满意,但是也找不到更好的办法来解决这个问题了。她知道奥兹玛的为人,即使她那么温柔和蔼，但一旦决定的事是绝不会轻易改变的。而且她也看不到对于奥兹王国的守护精灵会有什么大的威胁，即使她要去拜访的未知的人民已经被证实十分顽固。但是多萝西不是一个精灵，她是从堪萨斯州来到奥兹王国居住的一个小女孩。多萝西会遇到的事对于奥兹玛来说没什么，但是对于一个"地球女孩"来说可能是十分严重的危险。

事实上，多萝西住在奥兹王国，被她的好朋友奥兹玛封为公主，也被奥兹玛保护着她不会被杀害，或者不遭受身体上的任何痛苦，只要她一直住在奥兹仙境。她也不会再长大，一直保持着她来到奥兹仙境时的小女孩模样，除非什么时候她离开仙境或者是被诱拐走。但是多萝西毕竟是一个凡人，是有可能被摧毁的，或者被藏在一个她的朋友找不到她的地方。或者被邪恶的魔法师用其他的方法解决掉，她是不可能保护自己的。葛琳达慢慢地在自己的大理石宫殿里一边踱步一边想着这些事。

最终，好心的女巫停止思考，然后从自己手上拿下一个戒指递给多萝西。

"一直戴着这枚戒指直到你回来为止，"她对小女孩说，"如果有严重的危险威胁到你的时候，把你手上的这枚戒指向右转一次再向左转一次，这样我宫殿里的警钟就会响起来，然后我就会立刻去救你们。但是只有你在面对可怕的威胁的时候才可以用这枚戒指。你和奥兹玛公主在一起的时候，我相信她会很好地保护你远离任何伤害。"

"谢谢你，葛琳达，"多萝西感激地回答道，一边把戒指戴上手指，"我也会戴上我从诺姆国王那里得到的魔法腰带，所以我想，当我面对任何斯克则人和弗拉特赫兹人的魔法的时候，我会非常安全。"

14

　　即使离开短短几天，奥兹玛在她的翡翠城宫殿仍有很多事情要安排。于是她和葛琳达说了再见，然后和多萝西一起蹬上红色皇家马车。锯木马开始了速度惊人的回程，它奔跑得如此之快，以至于让多萝西一句话都说不出来，只能紧紧地抓牢她的座位，直到回到翡翠城。

第 二 章

奥兹玛和多萝西

现在住在奥兹玛宫殿里的是一个活生生的稻草人，他是一个十分著名和聪明的人物，曾经统治奥兹王国一段时间，奥兹王国的人民也十分爱戴和尊敬他。他是怎么来的呢？曾经一个芒奇金王国的农夫用一些稻草塞满了一件旧衣服，在靴子里也塞进稻草，然后用一对塞满棉花的手套做它的手。这稻草人的头是一个塞得满满的麻袋，系在身子上，麻袋上画着眼睛、鼻子、嘴巴和耳朵。当头顶戴上一顶帽子后，他就是一个十足的人类了。农夫把稻草人放在他玉米田的一根杆子上，然后以一种奇怪的方式使他活了过来。多萝西穿过这片玉米田的时候，这个稻草人和她亲切地打招呼，于是多萝西就把他从杆子上解了下来。然后他们一起去了翡翠城。奥兹的小巫师给了稻草人一个聪明的大脑，稻草人就拥有了很好的人格。

奥兹玛认为稻草人是她最好的朋友之一，也是她最忠诚的臣民，所以她拜访完葛琳达的那个早晨，就命令稻草人在她出门不在的时候，代替她统治奥兹王国。稻草人毫不迟疑地答应了。

奥兹玛告诉多萝西对于她们即将开始的旅程要保密，直到她们回来之前，都不可以告诉任何人关于斯克则人和弗拉特赫兹人的任何事情，多萝西答应一定会做到。其实她十分渴望告诉她的朋友小托托和贝特茜·勃宾，但是她忍住了，什么都没有说，虽然她们和她同住在奥兹玛的宫殿里。

确实，只有女巫葛琳达知道她们要去哪里，不过直到她们离开，女巫也不知道她们到底计划怎么做。

奥兹玛公主带上了锯木马和红色皇家马车，尽管她不清楚斯克则人的湖边是否有马车能够通行的路。奥兹王国的四面都被无法穿越的死亡沙漠围绕。从地图上看，斯克则国就在奥兹王国西北方向的最远方，和北方的沙漠接壤。因为翡翠城正好在奥兹王国的中央，所以到斯克则王国不是一段很短的路程。

在靠近翡翠城的地方，人口都是十分的稠密，但是越远离翡翠城，人口就越少，直到沙漠的边界，那里只有很少很少的人。同时，奥兹王国的人民对于这些远离翡翠城的地方知之甚少，在葛琳达居住的南方，多萝西经常去拜访和探索。

吉利金王国应该是被人们所了解最少的地方，在它的山上、山谷里、森林里和溪流里，都住着很多奇怪的部落，而奥兹玛现在就是要去拜访吉利金王国境内最远的地方。

"我真的很难过，"奥兹玛在她们驾着马车的时候对多萝西说，"我对于自己统治的国家了解得太少了。我的职责就是熟知每个部落的人，包括奥兹王国境内陌生和隐藏的国家，但是我只是忙着在宫殿里制定法律，以及为那些离翡翠城近的人民的福利着想，所以我一直都没有时间去长途旅行来认识我的国家。"

"嗯，"多萝西回答，"我们这次旅行也许能发现不少东西呢，不论如何我们都会了解斯克则人和弗拉特赫兹人的。时光在奥兹王国是不会流逝的，因为我们不会像其他地方的人那样，长大或者变老，生病或者死去；所以，如果我们一次次去探索就会渐渐了解奥兹王国的每一个角落。"

多萝西在自己的腰上带着诺姆国王的魔法腰带，它能保护她不受伤害，在她的手指上还戴着葛琳达给她的魔法戒指。奥兹玛仅仅放了一根银色的小魔法手杖在她衣服的胸口，因为精灵不需要用药物和香料，也不需要像男巫和女巫那种用召唤魔法的工具。这只银色小魔法手杖就是奥兹玛用来攻击和保护自己的唯一武器，靠这根魔法手杖她可以完成很多事情。

她们在太阳刚刚升起的时候就离开了翡翠城，锯木马风驰电掣地向北方跑去。但是几个小时之后，这木头动物就不得不放慢了脚步，因为农舍变得越来越少，而且她们想要去的方向也越来越没有路可走。他们穿过田野、避开树木、趟过小溪或者小河。但最终还是遇到了一个宽阔的山坡，山坡被矮小的灌木丛覆盖着，让马车完全无法通行。

"就算我们穿过这个树丛，但要不划破我们的裙子也是几乎不可能的，"奥兹玛说，"所以我们应该把锯木马和皇家马车留在这里直到我们回来。"

"好，就这么办，"多萝西回答道，"反正我们坐马车也坐累了。奥兹玛，你觉得我们已经靠近斯克则王国了吗？"

"我不知道，但是我知道我们是朝着正确的方向走的，所以我们肯定能及时找到那里。"

矮小的灌木丛几乎像一丛小树，其实它们和两个女孩一样高。她们被迫在树丛里钻来钻去，多萝西害怕她们会在里面迷路，但是她们最终还是在一个挡着她们去路的奇怪的东西前面停了下来。那是一张巨大的网——就好像是超级大的蜘蛛织成的——而这精致、复杂、蕾丝样的花纹紧紧地编织在树丛的树干上，从左到右几乎有半个圆圈那么大。编织这张网的是一种明亮的紫色的线，紫色的线编出了无数复杂又具有艺术性的图案，但是它从地上一直高过她们的头顶，织成了一道她们过不去的篱笆。

"虽然它看起来不是很结实，"多萝西说，"但是我很怀疑我们能打破这网吗。"她试了试，发现这网要比她想象的要结实得多。她用尽所有力气都无法弄断一根线。

"我想，我们必须回去，然后绕过这张奇怪的网。"奥兹玛说。

于是她们向右转，沿着这张网向前走，但是她们发现网似乎已经织成了一个圈。她们一直这么走啊走啊，直到奥兹玛发觉她们回到了她们开始的地方。"这里有一方手绢，是你刚才不小心掉在这里的。"她对多萝西说。

"这样看的话，它们肯定是在我们的背后也织了网，就在我们踏进这个陷阱的时候。"小女孩说道。

　　"没错，"奥兹玛同意，"有敌人想要俘虏我们。"

　　"而且它们做到了，"多萝西说，"我想知道是谁干的。"

　　"这是一张蜘蛛网，我非常肯定，"奥兹玛接着说，"但一定是很多蜘蛛一起织的。"

　　"非常正确!"一个声音在她们身后喊道。就在她们背后，突然出现了一只巨大的紫色蜘蛛，它正坐在离她们两码开外的地方，用它明亮的小眼睛打量着多萝西和奥兹玛。

　　然后，树丛里爬出来不止一打的巨大紫色蜘蛛，它们向第一只蜘蛛请安之后说道：

　　"网织成了，欧王，这两个陌生人现在是我们的俘虏了。"

　　多萝西一点都不喜欢这些蜘蛛的样子。它们有巨大的头、尖利的爪子、小眼睛和长满了紫色身体的绒毛。

　　"它们看起来好邪恶，"她悄悄地对奥兹玛耳语，"我们该怎么办?"

　　奥兹玛严肃地看着这些蜘蛛。

　　"你们把我们俘虏的目的是什么?"她问道。

　　"我们需要有人来为我们打扫屋子，"蜘蛛王回答道，"屋子要打扫和整理，还要清洗碟子和盘子，而我的人民都不喜欢做这些事情。所以我们决定只要任何陌生人来到我们的地盘，我们就把他们抓住来当我们的仆人。"

"我是奥兹玛公主，奥兹王国的统治者。"女孩高贵地说。

"哦，我是所有蜘蛛的国王，"这就是回答，"那这么说，我是你的主人了。来来来，跟我到我的宫殿里来，我来告诉你该做哪些活儿。"

"我才不呢，"多萝西恼怒地说，"我们和你没什么关系。"

"那么我们走着瞧！"蜘蛛王严厉地说，下一刻它立刻向多萝西攻击过来，伸出它腿上的爪子，好像要用尖利的爪子戳透她的心脏。但是女孩穿着魔法腰带，所以她毫发无损。蜘蛛王没法碰到她，它立刻利索地掉头向奥兹玛扑去，奥兹玛把魔法手杖举过头顶，蜘蛛王立刻反弹了回去，就如同被打倒了一样。

"你最好让我们走，"多萝西向它建议，"因为你伤害不了我们。"

"我明白了，"蜘蛛王愤怒地回道，"你们的魔法比我的厉害。但是我不会让你们出来的，如果你们可以打破我的人民织成的魔法网，那你们就可以离开；但是如果你们做不到的话，就要在这里挨饿了，哈哈哈。"这时，蜘蛛王发出一声奇怪的口哨，所有的蜘蛛都消失了。

"看来在我的地盘上有着比我想象的还多的魔法，"美丽的奥兹玛说道，遗憾地叹了口气，"这就说明我的法律根本没有被遵守，这些大蜘蛛都不守法律，还在用魔法。"

"现在不是担心这个的时候，"多萝西说，"我们还是先想想该怎么离开这个陷阱。"

她们开始十分仔细地检查这张网，然后惊讶于它的结实。它居然比上好的丝绸都要结实，能抗拒所有的力量，即使两个女孩把全身的重量都扔上去都破不了。

"我们必须找到可以切开这些线的工具，"奥兹玛最终说，"我们去找这样的工具吧。"

于是她们在树丛中找啊找，最终看到了浅浅的一个池塘，由一个小小的冒着泡的泉水所形成。多萝西停下来喝口水，然后发现水里有一只绿色的螃蟹，就像她的手掌那么大。这只螃蟹有两只又大又尖利的钳子。多萝西看到这些钳子时就想到一个也许能救她们的办法。

"从水里出来，"她对螃蟹说，"我想跟你聊聊。"

螃蟹懒洋洋地升到表面，然后抓住一小块岩石。把头探出水面，它用一种乖戾的声音说道：

"你想要干吗？"

"我们想用你的钳子去剪开紫色蜘蛛的网，这样我们就能出去了。"多萝西回答，"你可以的吧？可以吗？"

"我想我可以，"螃蟹回答，"但是我这么做，你能给我什么作为回报？"

"你想要什么？"奥兹玛问。

"我不想要绿色，想变成白色。"螃蟹说，"绿色的螃蟹太普通了，白色的才稀少；而且，这些占据着这里山坡的紫色蜘蛛是害怕白色螃蟹的。如果我同意把网剪断的话，你们能把我变成白色的么？"

"可以，"奥兹玛说，"我可以轻易地做到。而且，你要知道我是在说实话，我可以现在就把你的颜色变了。"

她在池塘的上方挥舞着银色魔法手杖，然后这螃蟹就立马变成了雪一样白——除了它的两只眼睛还是黑色的。这家伙在池塘水里看到自己的倒影，十分高兴，所以它立刻爬出池塘，然后开始慢慢地向网爬去。它爬得太慢了，以至于多萝西不耐烦地叫道："天啊，这样永远都到不了网那里！"于是她把螃蟹拿在手里然后向网跑去。

她不得不一直举着它，这样螃蟹就可以用钳子不停地一根线一根线地剪着紫色的网，它一钳子只可以剪断一根。

当这网被剪到足够让她们两个通过的时候，多萝西跑回池塘，把这只白色的螃蟹放在水里，再跑回去找奥兹玛。她们及时通过了网，因为几只紫色蜘蛛又出现了，它们发现网被割开来了。如果这两个小女孩没有在蜘蛛迅速把网修补之前跑出来的话，就又要被俘虏了。

奥兹玛和多萝西用尽全力向前跑，尽管这些愤怒的蜘蛛在她们后面向她们扔出一些织网的线，以图能够套到她们，她们还是成功地逃跑了，并且艰难地爬到了山顶。

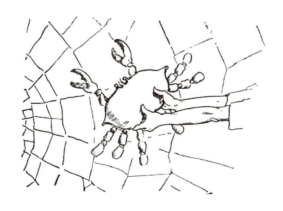

第 三 章

迷雾仙女

从山顶向下看，奥兹玛和多萝西很惊讶地看见山谷下面飘浮着的比烟雾还要稠密的迷雾。除了这些翻滚的迷雾，其他什么都看不见，但是另外一面，可以看见十分漂亮的长着玫瑰的草地。

"哦，"多萝西说，"我们现在该怎么办呢，奥兹玛？要走进那浓重的迷雾吗？但是很有可能就会在里面迷路，还是在这里等这些迷雾散去？"

"不论我们等多久，我不能确定这些雾是否会散去。"奥兹玛忧心忡忡地回答，"如果我们想前进的话，我们必须冒险进到这雾里。"

"但是我们看不见前面的方向，也不知道我们会踩到什么。"多萝西反对道，"也许在迷雾里有很可怕的怪物等着我们呢，而且我只要想想要踏进这雾里就害怕死了。"

奥兹玛看起来其实也是很犹豫的。她保持沉默思考了一会儿，看着这灰色且十分令人生畏的波浪。最后她说道：

"我想这里应该是迷雾山谷，这些潮湿的云朵会一直存在，即使太阳的光芒也不能驱散这些迷雾。看来那些迷雾仙女肯定就住在这里，她们也是精灵，精灵一定会回应我的呼唤。"

她把她的两只手放在嘴前，做成一个喇叭的形状，然后发出一声清晰的、鸟叫一样的、很有穿透力的声音。这声音远远地穿过迷雾的波浪，然后立刻就被另外一个相似的声音回应了。

这给多萝西留下了深刻的印象。自从来到这个仙境国家之

后，她已经经历了很多奇怪的事情，但这是一个新的经历。在大多数的时间里，奥兹玛就像一个你能遇见的普通女孩一样——简单、快乐、可爱——即使在她最快乐的时刻，她依然能保持高贵的姿态。而有的时候，她坐在王座上命令着她的臣民，或者当她的魔力被激发出来的时候，多萝西和其他的人都会很敬畏这位女孩统治者，也十分明白她的至高无上。

奥兹玛等待着。从美丽的玫瑰波浪中，穿着羊毛质地灰色礼服的仙子飞了出来，几乎很难将她们和灰色的迷雾分别出来。她们的头发也是灰色的，只有她们闪着光的手臂和苍白的脸色证明她们是活着的，她们就是回应奥兹玛的智慧生物。

就如同海里的仙女一样，她们在云上休息，带着疑惑的眼睛看着两个站在岸边的少女。一个迷雾仙女靠近过来，然后奥兹玛对她说：

"你们可以帮助我们到山的那边去么？我们不敢冒险进迷雾里。我是奥兹玛，奥兹王国的公主，这是我的朋友多萝西，也是奥兹王国的公主。"

迷雾仙女们靠近过来，伸出了她们的手臂。奥兹玛一点都没有犹豫，向前走，让她们抱住她，然后多萝西鼓起勇气也学着这么做。迷雾仙女们十分轻柔地抱着她们。多萝西感觉到这手臂十分冰凉湿滑——觉都不像真的——但是她们把这两个小女孩举在

雾气之上，迅速地飞到了对面的绿色山坡上，快到在她们甚至觉得还没出发。

"谢谢你们！"奥兹玛感激地说，多萝西也道谢着。

迷雾仙女们没有回答，她们只是微笑着挥舞着手，表示再见，然后又一次飞进了雾里，消失不见了。

第四章

魔力帐篷

"哇，"多萝西大笑着说，"真是比我想象的简单多了。有时候做一个真正的仙女真好。但是我不想成为那样的仙女，她们要一直住在那个可怕的雾里。"

她们爬上岸边，发现展现在眼前的是一望无际的平原。草地上散布着香气扑鼻的鲜花，树上结着甜美的果实，还不断可以看见一丛丛的树木。但是这里没有证明有人生活的房屋。

这片平原遥远的那边是一排棕榈树，而就在这些棕榈树的前面有一座形状奇怪的小山，在平原的衬托下就如一座山脉。山的这面直上直下，山是椭圆形的，山顶看上去是平的。

"哦，哦！"多萝西开心地叫道，"我打赌这座山就是葛琳达告诉我们的弗拉特赫兹人住的地方。"

"如果是的话，"奥兹玛回答道，"那斯克则人住的湖就应该在那棕榈树后面了。你能走那么远吗，多萝西？"

"当然了，现在就能走，"她迅速地回答道，"真遗憾我们把锯木马和红色皇家马车留在后面了，要不然它们现在就有用了；在我们这段路程的最后，有这样一条通过这漂亮绿色田野的小径，应该不会让我们很累的。"

不过这条小径要比她们想象的长很多，而且，在她们到达平顶山之前天快黑了。于是奥兹玛建议她们先扎营休息一个晚上，多萝西十分赞同。她不想告诉她的朋友她已经很累了，她感觉自己的腿已经"长刺了"，也就是说腿开始疼了。

每当多萝西开始一次冒险或者探险的时候，她总会带上一篮子食物和其他在陌生国家旅行所需要的东西。但是以往的经历告诉她，和奥兹玛一起旅行就不一样了。这位统治者小仙子只需要她的银色魔法手杖——按下有一颗闪闪发亮的翡翠的那一端——就可以用魔力提供所有他们需要的东西。奥兹玛和她的同伴停下来，挑选了一块在平原上比较干净的草地，用一种十分高雅的姿态挥着魔法手杖，然后用她甜美的声音念出一些魔法咒语，一个

精美的帐篷立刻就出现在她们的眼前。这帐篷的帆布是紫色和白色条纹，中间的顶上飘着奥兹王国的皇家旗帜。

"过来，亲爱的，"奥兹玛说着牵起多萝西的手，"我饿了，我想你也饿了，我们先饱餐一顿吧。"

她们进了帐篷看见桌上已经摆好了两套餐具，像雪一样白的、亮晶晶的银器和闪光的玻璃器皿，桌子的中央摆着一瓶玫瑰花和很多美味的食物，有些还冒着热气，等着填满她们的肚子。在帐篷的另外一端是两张床，铺着绸缎的床单、温暖的的毯子和塞满天鹅绒的枕头。帐篷里还有椅子，以及用柔和玫瑰色光芒照亮整个帐篷的落地灯。

多萝西在自己仙女朋友的指示下以十分满足的心情享用了晚餐，边休息边想着这些魔法。如果一个人可以成为真正的仙子，了解自然的神秘法则，可以用魔力的咒语和仪式来命令这些法则，那么简单地挥舞一下银手杖就可以得到需要其他人努力工作很多年才能制造出来的东西。所以多萝西在她善良的心里希望所有的男人和女人都可以用上银手杖，用魔法来满足自己，而不需要多年的辛苦劳作。这样，他们就都可以把原来辛苦劳作的时间用来享受了。奥兹玛看着好朋友的脸，读出了她内心的想法，大笑着说：

"不，不是这样的，多萝西，这样一点都不好。你的想法不会给世界带来欢乐而只有疲倦。如果每个人都可以挥舞一下魔法手杖就实现愿望的话，那么人们就很少会去许愿，也就没有要去克服困难的想法了。因为没有什么是困难的，那么去努力得到想要的东西的快乐，以及那些只有通过辛苦劳动和仔细思考才能得到的快乐，就会消失了。你看，马上就会没有什么事情可做，生命里也没有什么有趣的事情了。这些努力和经历才是我们的生命值得去体会的地方——去做好事和帮助那些对于我们来说遭遇着不幸的人们。"

"啊，你是一个仙女，奥兹玛，你快乐吗？"多萝西问道。

"快乐，因为我可以用我的精灵魔力让其他人快乐。如果我没有王国需要治理，没有臣民需要照顾，我也会很痛苦。不过，你也需要知道，我是一个比奥兹王国任何一个居民都要强大的精

灵，但是我没有女巫葛琳达强大，她学会了许多我不会的魔法。即使是奥兹小巫师也可以施展一些我施展不了的魔法，同时我也可以施展一些巫师不会的魔法。这就可以解释我不是一个全能的仙女。我的魔法只是简单的精灵魔法，不是魔法师或者巫师的那种。"

"都是一样的，"多萝西说，"我十分高兴你能变出这个帐篷来，让可口的晚餐和舒适的床在那里等着我们。"

奥兹玛微笑着。

"是的，这确实是一件很棒的事情，"她同意道，"不是所有的精灵都会用那种魔法，但是其他的精灵能用让我都很惊讶的魔法。我想这就是让我们谦虚不自傲的原因——我们的魔法事实上被分成很多种，然后分配给我们每一个。我很高兴我不是所有的东西都知道，多萝西，在自然和智慧中，我们需要仰慕的事情太多了。"

多萝西还是不能太理解这些话，所以她没有再多说什么，而且有了一件新的事情让她惊叹。因为当她们吃完晚饭的时候，桌子和上面的东西一眨眼就不见了。

"没有盘子需要洗！奥兹玛！"她大笑着说，"我想只要你教给所有的人这个魔法，他们会开心死的。"

奥兹玛讲了一个小时的睡前故事，和多萝西谈论着她们都好奇的各种各样的人。然后就是睡觉的时间了，她们脱了衣服钻进柔软的被子，她们的头碰到枕头的时候，立刻就香甜地睡着了。

第五章

魔法阶梯

在早晨阳光的照耀下，平顶山看起来更近了一点，但是多萝西和奥兹玛知道还是有很长的一段路要走。她们起床穿好衣服之后就发现有温暖美味的早餐在等着她们，吃完之后她们就离开了帐篷，远方的山是她们的首要目标。走了一小段路后，多萝西回头发现那顶魔法帐篷完全消失了。她一点也不惊讶，因为她知道就是这样的。

"你的魔法能给我们变出一匹马和一辆马车么，或者一辆摩托车?"多萝西问道。

"不能，亲爱的。很抱歉我没法使出这样的魔法。"她的精灵朋友坦白道。

"也许葛琳达可以。"多萝西充满想象地说。

"葛琳达有一辆鹳战车，可以带着她在天上飞，"奥兹玛说，"但即使是我们伟大的女巫，也不能用魔法变出其他的旅行方法。别忘记了我昨晚告诉你的，没有人是万能的。"

"哦，我想我明白了，因为我已经在奥兹王国生活很久了。"多萝西回答道，"但是我不懂魔法，也不能准确知道你和葛琳达还有小巫师是怎么用魔法的。"

"别试图去这么做。"奥兹玛大笑道，"但是你至少知道一个魔法，多萝西，你知道如何赢得所有人的爱戴。"

"不，我不知道，"多萝西认真地说，"如果我真的知道的话，奥兹玛，我也不知道我是怎么做成的。"

她们花了整整两个小时才抵达了这平顶山的山脚，她们发现山这面的山坡十分陡峭，如同房子的一面墙。

"就算我紫色的猫咪也爬不了这么陡峭的山壁。"多萝西望向山顶说道。

"但是一定有什么方法能让弗拉特赫兹人上下山坡，"奥兹玛说，"要不然他们也没办法和斯克则人开战，更别说能遇到他们，和他们吵架了。"

"是的，奥兹玛。我们先绕着山脚走一圈，也许会发现梯子或者其他什么。"

　　她们走了很长一段路，因为这是一座大山，直到她们绕了一圈，来到了面对着棕榈树的那面，她们才突然发现在岩石的墙上有一个入口。这入口就在头上方，不是很大，可以看见一些石头台阶的样子。

　　"哦，我们最终找到了上去的路。"奥兹玛说，两个女孩立刻转身向着入口走过去。突然她们撞到了什么，没法继续向前了。

　　"天啊！"多萝西叫道，揉着她的鼻子，因为她的鼻子撞到了什么硬硬的东西，虽然她看不到那是什么，"看来没有我们想象的那么简单。奥兹玛，是什么挡在我们前面？是一种魔法还是其他什么？"

　　奥兹玛正把手伸出去四处感受。

　　"是的，这是魔法。"她回答道，"弗拉特赫兹人不得不从山上开出一条路到下面的平原上，但是为了防止敌人从这阶梯爬上去征服他们，他们就在入口之前造了一小段石头墙。这石头用一种黏合剂黏合，这样就让墙隐形了。"

　　"我想知道他们为什么要这么做？"多萝西沉思道，"一堵墙不论是看得见还是看不见都可以让人进不去，不论是看得见还是看不见，把墙做成隐形的没有什么意义啊。对于我来说，还是让墙看的见更好，因为这样就没有人能看见后面的入口了。现在谁都可以像我们一样看见入口，而且很可能所有像我们一样想进去的人都会被撞到。"

奥兹玛没有立刻回答。她的脸色很严肃，在沉思。

"我想我知道为什么他们要把这堵墙做成隐形的，"她思考了一会儿说，"弗拉特赫兹人用这个阶梯来上下。如果这里有一堵固态的墙就会阻止他们进入平原，从而把自己囚禁起来。所以他们会在墙的旁边留下一些地方可以进入，如果这墙被看得见的话，所有的陌生人和敌人都会很容易找到这个入口，这堵墙就没有存在的意义了。所以弗拉特赫兹人狡猾地把墙做成隐形的，因为他们确信所有看到入口的人都会径直朝这个入口走过去，就像我们这样，然后才发现没法走过去。我想这堵墙一定非常高非常厚，而且没法打破，所以被这堵墙堵住的人都没法再向前走。"

"啊，"多萝西说，"如果在墙的周围有一条路的话，那么它在哪里呢？"

"我们必须找到这条路。"奥兹玛回答道，开始绕着墙去感觉这条路。多萝西也开始跟着走，直到奥兹玛已经走了离入口快四分之一英里的时候，她已经都要放弃了。但就在这时，隐形的墙凹进山的这面结束了，在与山之间留下了正好通行一个正常人大小的路。

女孩们走了进去，一次一个，然后奥兹玛解释说现在她们就在障碍的后面，可以回到入口那里了。后来她们就没有再遇到什么阻碍。

　　"大多数人是不会想到这个方法。"多萝西说，"如果是我独自一人遇到这堵隐形墙的话，我肯定就被难倒啦。"

　　到了入口之后，她们就开始向上攀爬石阶。她们每上十级台阶就要向下走五级，沿着从岩石中造出来的通道，这台阶的宽度正好够两个女孩并肩通过。在最后的五级台阶那里，通道向右拐了，她们又上了十级台阶，发现前面是向下的的五级台阶。然后这通道突然向左拐了，接着又是向上的十级台阶。

　　通道现在十分黑暗，因为她们已经在山腹中央了，而日光因为通道拐来拐去而无法进来。然而，奥兹玛有办法，她从自己衣服的胸口拿出那根银色的魔法小拐杖，魔杖末端的那颗大宝石发出明亮的绿色光亮，足够照亮她们前进的道路。

　　十步上，五步下，然后拐弯，左拐或者右拐，这就是这条路的规律，多萝西发现她们现在一直都是五步上。

　　"这些弗拉特赫兹人肯定是很好玩的人，"她对奥兹玛说，"他们似乎都不会直来直往地做事情。走这种通道，强迫每个人都比需要的步数多走了两倍。这样的路对于弗拉特赫兹人也和其他人一样累。"

"确实是这样，"奥兹玛回答，"但这是一种聪明的办法，他们不会被入侵者吓到。每次我们踏在第十级台阶的时候，脚踩踏的压力就会传送一声铃响到山顶上，告诉弗拉特赫兹人我们的到来。"

"你怎么知道这个的？"多萝西震惊地问道。

"从一开始我就听到了铃声，"奥兹玛告诉她，"你是听不到的，我知道，但是当我手里拿着我的魔杖的时候，我可以听到从很远地方传来的声音。"

"那你能听到在山顶上除了铃声还有什么其他声音吗？"多萝西问道。

"是的。人们在互相警告，很多脚步在靠近我们，最终将到达的平顶山山顶。"

这让多萝西有点紧张。"我以为我们只是去拜访普通的平凡人，"她说道，"谁知他们非常聪明，而且还懂一些魔法。他们也许会非常危险，奥兹玛，早知道我们还是待在家里的好。"

最终，上上下下的通道似乎已经到了尽头，因为日光又出现在了两个女孩的眼前，奥兹玛把自己的魔杖收回了胸口。最后的十步台阶让她们来到了地面，在那里她们发现被一群奇怪的人包围了，他们静静地站在那里不说话，看着他们面前的两个小姑娘的脸。

多萝西立刻明白了这些山民就是弗拉特赫兹人。他们的头真的很平，就好像他们耳朵和眼睛以上的部分都被切掉似的。虽然头是秃的，上面一点头发都没有，但是耳朵非常大，向外伸着，鼻子又小又短。只有嘴巴是正常的样子，一点也不特别。他们的眼睛应该算是脸上最好看的五官了，又大又亮，是深深的紫罗兰色。

弗拉特赫兹人的衣服都是用他们从山里挖出来的金属做的。小小的金子、银子、锡和铁的圆盘，就如同便士硬币那么大，非常薄，被仔细地串在一起，用来做成男人穿的直到膝盖的裤子和大衣，以及女人的裙子和上衣。色彩缤纷的金属被很有技巧地混合排列成条纹和各种花纹，所以这些衣服看起来都很美丽，它们使多萝西想起了她所见过的画中的老式骑士的盔甲。

除了平头之外，这些人看起来也不算很丑。男人们武装着弓和剑，还有小巧的铁斧头插在他们的金属皮带里。他们不戴帽子也不戴任何饰品。

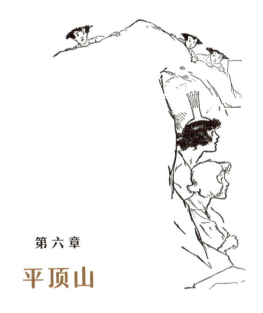

第六章

平顶山

当他们看到入侵者只是两个小女孩的时候，他们满意地嘟囔着往后退，允许她们参观山顶。山顶看起来就像一个茶盘，这样，房子和其他的建筑——都是用岩石造成的——就不会被站在下面平原上的人所看见。

现在有一个胖胖的弗拉特赫兹人站在女孩们的身边，用一种粗暴的声音喝道：

"你们来这里干吗？你们是斯克则人派过来的间谍吗？"

"我是奥兹玛公主，整个奥兹王国的统治者。"

"哦，我从来没有听说过什么奥兹王国，那么也许你就是你说的那个什么吧。"弗拉特赫兹人说道。

"这里就是奥兹王国——的一部分，就这样。"多萝西说，"所以说奥兹玛公主同样统治你们，如同在奥兹王国的所有其他人一样。"

这个男人大笑起来，站在旁边的人也一起笑了起来。人群里的一个人喊道：

"她最好别告诉最高独裁者关于统治弗拉特赫兹人的故事。是吗，朋友？"

"当然了，哈哈哈！"他们用非常肯定的音调回答。

"谁是你们的最高独裁者？"奥兹玛问道。

"我想还是让他自己介绍吧。"刚才说话的那个男人说，"你们来到我们这里就打破了我们的规矩，所以不管你们是谁，最高独裁者都要治你们的罪，惩罚你们。跟我过来。"

他开始走上一条向下的路，奥兹玛和多萝西没有反抗就跟着过去了，因为她们很想见见这个奇怪国家的最重要的人。他们路过的房子看起来很棒，每个都有一个小庭院，里面种着植物和花朵。围墙把每个房子隔开，每条路都铺着厚石板。看起来石板就是他们唯一的建筑材料，而他们也把它很好地用在每个地方。

就在大茶盘的正中央矗立着一座稍大的建筑，弗拉特赫兹人告诉女孩们这座建筑就是最高独裁者的宫殿。他带着她们通过一个入口的大厅来到接待的地方，他们就坐在那里的石头长凳上等待独裁者的到来。很快，独裁者从另外一个房间来到了这里——一个很瘦很老的弗拉特赫兹人，穿的和其他的弗拉特赫兹人很像，但是脸上狡猾和机智的表情把他和其他人区别开来。

"你就是弗拉特赫兹人的最高独裁者么？"奥兹玛问。

"是的，我就是，"他说道，慢慢地搓着双手，"我的话就是法律。我是这平顶山上的弗拉特赫兹人的头儿。"

"我是奥兹王国的公主奥兹玛，我来自翡翠城，我来这里是为了——"

"等一下。"独裁者打断奥兹玛的讲话，然后转向带这些女孩过来的男人。"走开，独裁者菲落·弗拉特赫兹！"他命令道，"回去完成你的任务，去守卫魔力阶梯。我会好好照顾这些陌生人

的。"那个男人弯腰行礼之后离开了，多萝西十分好奇地问：

"他也是个独裁者么？"

"当然了，"这就是回答，"这里每个人都是独裁者，对于某件事情，他们都是命令的发出者。这就是为什么大家都快乐满足，但我是最高独裁者，我是在每年一次的选举中被选出来的。这非常民主，你看到了，人民可以给他们的统治者投票。很多人都想要成为最高独裁者，但是我制定出一条法律，这些选票总是由我自己来计算，所以我总是会当选。"

"你叫什么名字？"奥兹玛问道。

"我叫做苏迪克，就是最高独裁者的拼音缩写。我让那个人走开，因为你提到了奥兹王国的奥兹玛，还有翡翠城。我知道你们是谁。我想我是唯一听说过你们的弗拉特赫兹人，因为我的大脑要比其他人聪明得多。"

多萝西开始使劲地盯着苏迪克看。

"再我看来你都没有脑子。"她评论道，"因为你的头上放大脑的地方不见了啊。"

"我不会因为你这么想而指责你的。"他说道，"曾经弗拉特赫兹人是没有大脑的，因为就像你说的那样，他们没有头的上面部分来放大脑。但是很久很久以前，一群仙子飞到这里把这里变成了仙境，当她们飞到弗拉特赫兹王国的时候她们很难过，因为

52

她们发现弗拉特赫兹人都很笨，压根不会思考。不过，因为弗拉特赫兹人的身体没有地方来放大脑，所以给了每个人一罐很好的大脑放在他的口袋里，这样就让我们可以像正常人一样思考了。看，"他继续说道，"这里就是仙子给我们的罐头大脑。"他从口袋里拿出一听亮晶晶的罐头，上面有着一枚漂亮的红色标签，标签上写着："浓缩大脑，上品质量。"

"所有的弗拉特赫兹人都有一样的大脑么？"多萝西问道。

"是的，他们的都一样。这里是另外一罐。"他从另外一只口袋他拿出来了第二罐大脑。

"是仙子们给你了双份大脑么？"多萝西问道。

"不，是有一个弗拉特赫兹人想成为最高独裁者，所以他想

让我的人民来反对我，我拿走了他的大脑来惩罚他。有一天我的妻子严肃地斥责了我，我也拿走了她的大脑罐头。她不喜欢我这么做，就跑出去抢了好几个女人的大脑罐头。那之后我就制定了一条法律，如果有任何人从别人那里偷大脑或者试图借大脑的话，他自己的大脑就会被苏迪克没收。所以每个人都满意自己的大脑，而我和我妻子是这个世界上唯一拥有不止一个大脑的人。我有三罐大脑，这就让我十分聪明——如果我可以评价我自己的话，我是个十分伟大的巫师。我可怜的妻子有四罐大脑，她也成为了一个著名的巫师，但是天啊，这都是在那些可怕的敌人就是那些斯克则人，把她变成一只金猪之前的事情了。"

"我的老天爷！"多萝西叫道，"你妻子现在真是一只金猪么？"

"是的。斯克则人做了那些事情，所以我只好和他们宣战。为了给我变成猪的妻子报仇，我打算把他们的魔法岛屿摧毁，然后把斯克则人都变成弗拉特赫兹人的奴隶！"

苏迪克现在看起来十分愤怒。他的眼里在冒火，他的脸上是非常愤怒和邪恶的表情。但是奥兹玛用一种甜甜的友好的声音对他说：

"听到这些我很抱歉。你能多告诉我一点关于你和斯克则人的事情么？也许我可以帮助你们。"

她只是个小女孩，但是她说话的语气和姿态里散发出来的高贵都让苏迪克刮目相看。

　　"如果你真是奥兹王国的公主奥兹玛，"弗拉特赫兹人说，"你也就是让整个奥兹王国变成仙境的卢兰女王下面的精灵。我听说卢兰女王留下她的一个精灵来统治奥兹王国，她的名字就叫奥兹玛。"

　　"如果你知道这些的话，你为什么不来翡翠城向我宣誓效忠呢？"奥兹王国的统治者问道。

　　"哦，我最近才知道这个消息的，而我太忙离不开我的家。"他解释道，眼睛看着地面而不是奥兹玛。她知道他在撒谎，但是她接着说道：

　　"你为什么和斯克则人吵架？"

　　"是这样的，"苏迪克开始解释，很高兴换了个话题，"我们弗拉特赫兹人喜欢钓鱼，但是我们山上没有鱼，所以有时我们会去斯克则人的湖里钓鱼。这就让斯克则人愤怒了，他们宣称他们湖里的鱼就是他们的，而且受他们的保护，所以他们不让我们去钓鱼。斯克则人真是十分小气又不友好，你不得不承认，所以我们压根没理他们，他们就在岸边设置了护卫不让我们钓鱼。"

　　"当时，我的妻子罗拉·弗拉特赫兹有四罐大脑，已经变成了十分出色的女巫，需要用鱼来喂养大脑，她比我们任何人都喜欢吃鱼。所以她发誓她可以摧毁那条湖里的每条鱼，除非斯克则人让我们抓我们想要的鱼，但他们拒绝了我们。有天晚上，罗拉准备了一水壶的魔法毒药，把这毒药倒进湖里。这是一个十分聪明的计策，只有我亲爱的妻子才想得出来，但是斯克则的女王——一个叫做阔厄欧的年轻女人——藏在湖岸边，趁罗拉不注意就把她变成一只金猪带走了。毒药洒在了地上，邪恶的阔厄欧女王还不满意她残忍的变形术，她甚至还夺走了我妻子的四罐大脑，这样她就只是一头只会呼噜噜叫、没有大脑、甚至不知道自己叫什么的猪。"

"那么，"奥兹玛思考着说，"斯克则的女王一定是一个巫师。"

"是的，"苏迪克说，"但是其实她知道的魔法不多。她没有以前的罗拉厉害，也没有我一半厉害，所以阔厄欧女王会在我们战斗的时候发现，我会摧毁她的。"

"但是金猪再也不能成为一个巫师了。"多萝西说。

"是的。即使阔厄欧女王把她的四罐脑子留给她，我可怜的罗拉，在猪的身体里是没办法用魔法的。一个巫师需要用到自己的手指，但是猪只有猪蹄。"

"这真是一个悲伤的故事，"奥兹玛这么说，"所有的问题都是因为弗拉特赫兹人想得到不属于他们的鱼。"

"关于这个问题，"苏迪克说着，又开始发怒了，"我制定了一条法律，我的人民都可以在斯克则人的湖里钓鱼，任何时候都可以。所以这个问题就是因为斯克则人不遵守我的法律。"

　　"你只可以为你的人民制定法律，"奥兹玛严厉地说，"只有我，才可以给所有奥兹人民制定所有人都需要遵守的法律。"

　　"呸！"苏迪克讽刺地叫道，"我敢说，你没资格让我听从你的法律。我知道你有几斤几两，奥兹王国的公主奥兹玛，我还知道我比你要强大得多。为了证明这一点，我现在要把你和你的同伴囚禁在这座山里，直到我们打败和征服斯克则人。然后，如果你乖乖表现的话，我想我可以考虑放你回家。"

　　多萝西对于这种厚颜无耻地违抗美丽的奥兹王国公主奥兹玛的行为简直惊呆了，毫无疑问他到现在为止什么都不准备遵守。

但是奥兹玛依然十分平静，保持着自己的高贵，看着苏迪克说：

"你不是那个意思。你现在只是气过头了所以在胡言乱语，说的话都没有经过大脑。我从翡翠城的宫殿过来就是为了阻止战争，调节你们和斯克则人之间的矛盾，直到你们和平相处。我不赞同阔厄欧女王把你妻子罗拉变成猪的行为，也不赞成罗拉试图毒死湖里的鱼的残忍动机。在我的国家里，没有人可以不经过我的同意就使用魔法，所以弗拉特赫兹人和斯克则人都没有遵守本应该被遵守的法律。"

"如果你希望得到和平的话，"苏迪克说，"让那些斯克则人把我妻子变回原来的样子，然后归还她的四罐大脑。而且还要同意让我们在他们的湖里钓鱼。"

"不，"奥兹玛回答，"我不会这么做，因为这样是不公平的。我会让金猪变回你的妻子罗拉，归还她的一罐脑子，但是其他抢来的三罐脑子需要归还给那些被抢的人。你们也不可以在斯克则人的湖里钓鱼，因为那是他们的湖，鱼就是属于他们的。这样的安排才是公正公平的，你必须同意。"

"绝不！"苏迪克大喊。就在这时，一头猪跑进了这个房间，发出凄惨的咕哝声。它全身都是金子的，即便是腿和脖子的关节处，甚至下巴也是。这头金猪的眼睛是红宝石，它的牙齿是打磨过的象牙。

"看！"苏迪克说，"看这邪恶女王阔厄欧的杰作，然后告诉我你们可以阻止我向斯克则人发动战争。这咕哝的畜生曾经是我的妻子——我们山上最美丽的弗拉特赫兹人，同时也是一个娴熟的巫师。现在看她的样子！"

"打败斯克则人，打败斯克则人，打败斯克则人！"金猪咕哝道。

"我会打败斯克则人的，"弗拉特赫兹人的首领说道，"而且就算来一打奥兹王国的奥兹玛，我也一样会去战斗的。"

"不，我会阻止你。"奥兹玛说。

"你不能阻止我。既然你在这里威胁我，我就要把你关进青铜监狱，直到战争结束。"苏迪克说。他吹了声口哨，然后四个结实的弗拉特赫兹人装备着斧头和矛，走进房间向他行礼。对着进来的人，他说道："把这两个女孩带下去，用绳子绑住她们，把她们关进青铜监狱。"

四个大汉深深地弯下腰，然后其中一个问道：

"最尊敬的苏迪克，那两个女孩在哪里呢？"

苏迪克转向奥兹玛和多萝西原来站着的地方，发现她们不见了！

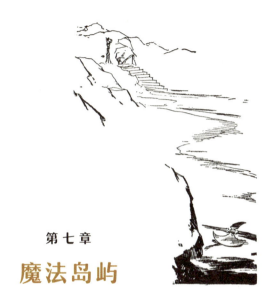

第七章
魔法岛屿

　　奥兹玛发现和弗拉特赫兹人的最高统治者理论根本没用之后，已经开始思考如何逃离他的魔爪。她明白他的巫术不会很容易破除，所以当他威胁说要把多萝西和她一起关到青铜监狱里的时候，她就悄悄把手伸进胸口抓住她的银色小魔杖。另外一只手拉住了多萝西的手，这些动作都做得十分自然，所以苏迪克都没有注意到。然后当他转头去见他的四名侍卫的时候，奥兹玛立刻把自己和多萝西变得隐身，迅速带着自己的同伴绕过这群弗拉特赫兹人离开了这个房间。就在她们来到入口开始走下石头台阶的时候，奥兹玛悄声说：

"快跑，亲爱的！我们现在是隐形的，没人能看见我们。"

多萝西理解了，而且她是个天生就擅长奔跑。奥兹玛指出通向平原的魔力台阶的方向，她们直接就向那里跑去。有些人在路上，但是她们躲开了。两个弗拉特赫兹人听见了女孩们在石头台阶上的脚步声，于是停下来四处看，但是没有发现这两个隐形的逃难者。

苏迪克毫不犹豫地开始追赶这两个逃跑的小女孩。他和他的手下跑得非常快，如果不是金猪突然跑到他们的前面的话，他们很可能在女孩们到台阶之前赶上她们了。苏迪克被金猪绊了一跤，而他的四个手下被他绊了一跤，摔成了一堆。就在他们七手八脚地爬起来跑到通道的入口时，已经来不及阻止这两个小女孩了。

台阶的两边各有一个守卫，但是当奥兹玛和多萝西迅速地经过他们并且向下跑的时候，他们是看不见她们的。然后她们需要上五级台阶再下十级台阶，如此这般，就像她们上山时一样。奥兹玛用手杖末端的宝石照亮她们的路，在跑到山底之前，她们一直都不敢减速。她们跑向右边，在隐形墙那里转弯。正好这时苏迪克和他的手下冲到了拱形的入口处四处张望，希望能看到这两个逃跑者。

奥兹玛现在认为她们安全了，于是她告诉多萝西停下来。她们俩坐在草地上，从刚才疯狂的逃命中缓过神来，慢慢地调整好呼吸。

　　而对于苏迪克来说，他明白自己被耍了，于是立刻转回身开始爬台阶。他非常非常生气——生奥兹玛的气，也生自己的气——因为现在他终于有时间思考了，他想起来自己其实很清楚如何把人变隐形，再如何变得可见。如果他能及时想到这些的话，就可以轻易地让这两个女孩显出身形，就可以轻易地抓住她们了。但是，现在后悔太晚了，所以他决定回去立刻准备向斯克则进军宣战。

　　"我们下面该怎么办呢？"当她们都休息好之后，多萝西问道。

　　"我们去找斯克则人的湖。"奥兹玛回答，"从那个讨厌的苏迪克嘴里听到的话让我觉得斯克则人是好人，我们可以和他们交朋友，如果我们去找他们的话，也许能帮助他们打败弗拉特赫兹人。"

　　"我想我们是阻止不了战争了。"在她们走向棕榈树的时候，多萝西沉思道。

　　"是的，因为苏迪克现在是死了心要和斯克则人战斗，所以我们现在所能做的就是去警告他们危险在逼近，还有就是尽可能

帮助他们。"

"当然了，我们要惩罚讨厌的弗拉特赫兹人。"多萝西说。

"啊，我想弗拉特赫兹人不像他们的最高独裁者一样有罪，"奥兹玛说，"如果让他失去权力，夺走他的邪恶魔法，人们就可能会好好遵守和尊敬奥兹的法律了，并且能和他们的邻居一起和平地生活下去。"

"希望如此。"多萝西担忧地叹了口气。

棕榈树离山并不远，女孩们轻快地散了一会儿步就到了。这些巨大的树长得十分靠近，总共有三排。因为它们就是用来防止人们通过的，但是弗拉特赫兹人砍出了一条路，奥兹玛发现了这条路，就带着多萝西穿过去来到另外一边。

在树的那一边，她们发现了一幅非常美丽的景色。足有一英

里宽的湖被绿色的草坪环绕，湖水很蓝，闪闪发亮，当清风吻过水面的时候，光滑如镜的湖水会泛起微微的波澜。在这湖的中央是一个可爱的小岛，不是很大，但几乎全都被一幢圆形的建筑覆盖住了。这建筑有玻璃的墙和玻璃的圆屋顶，在阳光下闪闪发光。这座玻璃建筑和岛的边缘没有草、树或者任何灌木，而只有被打磨得十分光亮的白色大理石。在任何一个岸边都没有船只，岛上也看不出有生命迹象。

"哦，"多萝西好奇地盯着这座岛屿说，"我们已经发现了斯克则人的湖和他们的魔法岛屿了。我猜想这些斯克则人就在那个大玻璃宫殿里，但是我们到不了那里。"

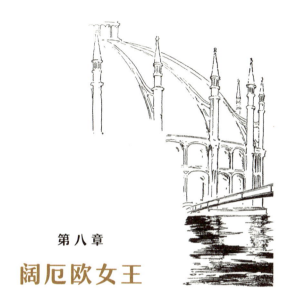

第八章

阔厄欧女王

奥兹玛公主凝神思考了现在的情势，然后把自己的手帕系在了魔法手杖上，站在水边挥舞，好像在挥舞一面旗子作为信号。但是过了一段时间她们都没能看到回复。

"我不知道这样有什么用。"多萝西说，"就算斯克则人在那个岛上并且看到了我们，也知道我们是他们的朋友，他们也没有船来接我们过去。"

斯克则人是不需要船的，女孩们马上就知道了。因为突然一下，宫殿的底部开了一个口子，这口子里伸出来一根细细的钢铁杆子，慢慢地但是很稳地穿过水面，伸向她们所站的地方。在女孩们看来，和着靠近水面的底部，这根杆子就如同一个三角形。它像一个拱形一样从宫殿的墙上伸向她们，直到碰到河岸，并且就此停下，另一端还固定在岛上。

　　然后她们发现原来这是一座桥，桥面是一条钢铁小路，宽度真好够一个人走上去，两边是细长的引导栏杆，通过钢铁的棒子和每边的小路相连。这座桥看起来十分脆弱，所以多萝西害怕它没法承受她们两人的重量，但是奥兹玛立刻喊道："跟上来！"然后就开始跑上去，并紧紧地抓住两边的栏杆。多萝西只好鼓足勇气跟着奥兹玛。奥兹玛走了三步之后就停下来了，这样多萝西也不得不停下来，因为桥开始移动，缩回魔法岛屿。

　　"我们根本都不需要走路。"奥兹玛说。她们就一直这样站在那个地方，然后让钢铁桥带着她们前行。确实，钢铁桥安全地把她们带到了有着玻璃穹顶、覆盖整个岛屿的宫殿面前，不久她们就发现自己站在一个大理石房间里，两个穿着体面的英俊年轻人正站在一个平台上欢迎她们。

　　奥兹玛立刻从桥的末端走向大理石平台，后面跟着多萝西。然后桥就在一声钢铁的脆响中消失了，一块大理石板很快盖住了它消失的那个口子。

　　这两个年轻人对奥兹玛深深地鞠了一躬，其中一个说道：

"阔厄欧女王欢迎您的到来，陌生人。女王殿下正在她的宫殿等着接见你们。"

"带我们去。"奥兹玛高贵地说。

但是还没有人带她们去，脚下的大理石平台就开始上升，带着他们穿过一个大小正好的方形大理石洞。一会儿她们就发现自己站在覆盖着几乎整个岛屿的玻璃穹顶里。

在这穹顶里，有一个十分微小的村庄，里面有房子、街道、花园和公园。房子都是用五颜六色的大理石造的，设计得十分可爱，还有很多彩色的玻璃窗子，街道和花园看起来都被照料得很好。就在这高高的穹顶正中央是一个小公园，长着美丽的花朵，还有一座精致的喷泉，正对着公园的是一座比其他建筑都要大的房子。这两个年轻人护送着多萝西和奥兹玛向这座房子走去。

在街上、门廊前和房子开着的窗子里是盛装打扮的男人、女

人和小孩。他们看起来和奥兹王国其他地方的人们都一样，不过似乎不是很幸福，他们的脸上都带着严肃或者紧张刺激的表情。他们拥有漂亮的家园、华美的衣服和充足的食物，但是多萝西立刻发现他们的生活有问题，他们并不快乐。然而她什么也没有说，只是好奇地看着斯克则人。

就在宫殿的入口处，奥兹玛和多萝西遇见了另外两个年轻人，他们穿着制服，武装着看起来奇怪的武器，似乎是手枪和枪的结合体，但是又都不像。她们的引导者鞠躬然后离开，接着两个穿制服的年轻人开始带领她们去往宫殿。

在一个漂亮的正殿里，坐着斯克则人的女王，被十几个年轻的男人和女人围绕着，她就是阔厄欧女王。她是一个看起来年纪比奥兹玛或者多萝西都大的女孩——至少十五或者十六岁了——即使她穿着盛装犹如要去参加舞会，她也太瘦太苍白，不算美丽。但是很明显，阔厄欧女王没有明白这个事实，因为她的气场和举动暴露了她是一个十分傲慢的人，把自己看得十分重要。多萝西不期待她成为自己的朋友。

女王的头发如同眼睛一样黑，皮肤如同雪一样白。她冷静地打量着奥兹玛和多萝西，透露出怀疑而不友好的神情，但是她只是静静地说：

"我知道你们是谁，因为我已经查阅过我的神谕。神谕告诉我你们其中一个称自己为奥兹玛公主，奥兹王国的统治者，另外一个是奥兹王国的公主，来自一个叫做堪萨斯的国家。不过我不知道奥兹王国，也从没听说过堪萨斯。"

"怎么会呢？这里就是奥兹王国！"多萝西叫到，"这里是奥兹王国的一部分，不管你知道不知道。"

"哦，确实！"阔厄欧女王讽刺地回道，"我想你下一句就会说这个奥兹玛公主统治整个奥兹王国，那么也就是统治我！"

"当然了，"多萝西说，"这还用怀疑么？"

女王转向奥兹玛。

"你敢这样宣称么？"她问道。

这个时候奥兹玛已经下定决心，想好如何对待这个骄傲自大、认为自己是世界上最厉害和最重要的人。

"女王陛下，我来到这里不是为了和你吵架的。"奥兹的统治者静静地说，"我叫什么名字和我的身份都已经很明了了。我和我的权力是来自精灵女王卢兰，当卢兰女王把整个奥兹王国变成仙境的时候，我就是其中一员。在这片广袤的土地上，有好几个国家和不同的人种，每一种人类都有自己的统治者，国王、皇帝或者是女王。但是所有的这些统治者都需要宣誓遵守我的法律和承认我最高统治者的地位。"

"如果其他的女王和国王都是傻瓜，我一点都不感兴趣，"阔厄欧女王傲慢地回答，"在我的斯克则国我就是最高统治者。你认为我会服从于你或者是任何人么？真是厚颜无耻！"

"那我们现在不谈论这个。"奥兹玛回答道，"你的岛屿现在很危险，因为有强大的敌人准备要摧毁它。"

"呸，不就是那些弗拉特赫兹人，我才不怕他们呢。"

"他们的最高独裁者是一个巫师。"

"我的魔法比他的强。让这些弗拉特赫兹人来吧！他们再也回不到他们贫瘠的山顶上去了，我会那么做的。"

奥兹玛不喜欢她的这个态度，因为这表示斯克则人很想和弗拉特赫兹人打仗，而奥兹玛来这里的目的是要阻止战争，让这两个有矛盾的邻居重归于好。她对阔厄欧女王十分失望，因为苏迪克的话让她觉得女王是一个比弗拉特赫兹人更公正和值得尊敬的人。不过奥兹玛想，也许她的内心会比她的自大和傲慢的外在要好一点，所以不管如何，最好的方法是不要与她为敌，而是试图赢得她的友谊。

"我不喜欢战争，女王陛下，"奥兹玛说，"我统治着成千上万居民的翡翠城，以及靠近翡翠城的那些认同我统治的地方，我们根本没有军队。因为我们那里没有争吵也没有战斗的必要。如果人们之间有争议的话，他们就会来到我的宫殿，由我来断案给出公正裁决。所以，当知道远方的这里有两族奥兹人民要打起来

的时候，我就赶到这里来解决纷扰和平息争端。"

"没人要求你来，"阔厄欧女王说，"平息这个争端是我的事情。你说我的岛屿也是你统治的奥兹王国的一部分，这真是胡说八道，因为我从来没有听说过什么奥兹王国，也没有听说过你。你说你是一个精灵，精灵女王给了你比我高的统治权。我一点都不相信！我认为你只是个骗子，过来就是为了搅乱我和我已经越来越难统治的人民之间的矛盾。在我看来，你们更可能是两个来自弗拉特赫兹的间谍，你们过来就是来用诡计欺骗我的。除了这些，"她骄傲地从自己的珠宝王座上站起身来，走到她们面前说，"我还有比任何精灵都厉害的魔法，比任何一个弗拉特赫兹人的魔法都厉害。我是一个真正的女巫——世界上唯一的女巫——我不会害怕任何一种魔法！你说你自己统治着千万人民。我统治一百零一个斯克则人，每一个人听到我的话都要颤抖不已。现

在既然奥兹的奥兹玛和多萝西公主在我的地盘里，那么我就要统治一百零三个人了，因为你们也都要对我的权力低头！还不止这些，因为只要我统治了你，我就统治了你统治的那千万人。"

多萝西听到这番话都快气死了。

"我的一只粉红色猫咪倒是经常这么说，"她说，"但是我好好修理了它一番之后，它就不把自己想得很高贵了。如果你知道了奥兹玛到底是谁以后，你就不敢再这样对她说话了！"

阔厄欧女王傲慢地看了她一眼，然后又转向奥兹玛。

"我碰巧知道，"她说，"弗拉特赫兹人打算明天早上进攻我们，但是我们已经准备好了。在战争结束之前，我要把你们两个扣留下来在我的岛上做人质，你们是没有机会逃跑的。"

她转头看着静静站在她王座旁边的一干朝臣们。

"奥瑞克斯女士，"她继续说道，并选出其中一位年轻的女

士，"把这两个小朋友带到你的房间，好好看管她们，给她们食物和住宿。你可以让她们在大穹顶之下任何地方闲逛，因为她们没有什么危险。当我结束和弗拉特赫兹人的战斗之后，我会回来考虑该怎么处理这两个愚蠢的女孩。"

她走回自己的椅子，奥瑞克斯女士深深地鞠了一躬，然后非常虔诚地说："遵旨。"随后对奥兹玛和多萝西说，"跟我来。"转身离开朝堂。

多萝西等着看奥兹玛想办法。让她惊讶又有点小失望的是，奥兹玛乖乖地转身跟着奥瑞克斯女士走了。所以多萝西只好跟在她们后面，但是给了阔厄欧女王一个告别的傲慢眼神，可惜女王把自己的脸转向一边没能看到这鄙视的一眼。

第九章

奥瑞克斯女士

奥瑞克斯女士带着奥兹玛和多萝西走过一条街道，来到靠近玻璃大穹顶边缘一间漂亮的大理石房子前面。在把她们带进一间漂亮的、装饰着舒适家具的房间之前，她都没有说话。在街上她们遇到的任何人都没有说话。

当她们就坐之后，奥瑞克斯女士问她们是否饿了，然后就开始召唤女仆端上食物。

奥瑞克斯女士看起来也就二十岁左右，当然在精灵们把奥兹王国变成仙境之后，人们的外表就不再变化了——没人变老也没人死去——所以很难去辨别一个人已经活了多少年。她长着一张令人愉悦的有魅力的脸，尽管这张脸上和其他斯克则人一样严肃和悲伤，但是作为侍奉女王的女士，她的衣服十分奢华和精致。

奥兹玛仔细地观察了奥瑞克斯女士，然后温柔地问她：

"你也认为我是一个骗子吗？"

"我不敢说。"奥瑞克斯女士用一种低低的声音说。

"你为什么不敢自由地说话？"奥兹玛问。

"女王会惩罚我们，如果我们说了她不喜欢的话。"

"我们不是单独在你的房间里嘛。"

"女王可以听见这片土地上任何的声音——即使是最轻的耳语，"奥瑞克斯女士说，"她是一个伟大的女巫，就像她告诉你的那样，说她的坏话和不遵从她的指令都是很愚蠢的。"

奥兹玛看着她的眼睛，看出来如果可以的话她还想多说一些话。于是她从自己的胸口拿出银色魔法手杖，用一种奇怪的语调念出一串魔法短语，她慢慢地走出房间绕着房子转圈。转完了一圈之后，她在空中用神秘的方式挥舞自己的魔法手杖。奥瑞克斯女士好奇地看着她，当奥兹玛回到房间坐下来之后，她问道：

"你刚才做了什么？"

"我用魔法包围了这座房子，这样不管阔厄欧女王用什么样的魔法都无法听到在这个圈里我们说的任何一句话。"奥兹玛回答，"我们现在可以大声自由地说话，想多大声就多大声，不用害怕女王。"

奥瑞克斯女士一下就有了精神。

"我能相信你么？"她问。

"每个人都信任奥兹玛。"多萝西说，"她非常诚实，你们邪恶的女王会因为羞辱了我们的奥兹王国统治者而后悔的。"

"女王现在还不认识我，"奥兹玛说，"但是我希望你能了解我，奥瑞克斯女士，我希望你告诉我，为什么你和所有的斯克则人都不高兴。不用害怕阔厄欧女王，因为我向你保证，她一个字都听不到。"

奥瑞克斯女士想了一会儿，然后说道："我应该相信你，奥兹玛公主，因为我相信你是我们的最高统治者。如果你知道我们的女王是用什么可怕的惩罚来对待我们的，你就会知道我们为什么不高兴了。斯克则人不是坏人，他们甚至不想要吵架或者挑起战争，即使是面对他们的敌人弗拉特赫兹人；但是他们十分害怕阔厄欧女王，所以他们会遵从她任何一句话，而不是承受她愤怒的恶果。"

"她难道就没有善良的心吗？"多萝西问。

"她从来没有表现过仁慈的一面，她只爱她自己。"奥瑞克斯女士说，但是她说的时候还是在颤抖，还是在害怕她可怕的女王。

"那真是太糟糕了，"多萝西说，一边严肃地摇着头，"我看你在这里还有很多事情要做，奥兹玛，就在这个被遗忘的奥兹王国的角落。首先，你得把阔厄欧女王的魔力收走，还有邪恶的苏迪克的魔力也要收走。我想他们都不够格去做统治者，因为他们都很残忍很讨厌。所以你要给斯克则人和弗拉特赫兹人新的统治者，然后告诉人民他们是奥兹王国的一部分，必须遵守奥兹王国的法律制定者奥兹玛的法律。当你把这些都处理完了，我们才能回家。"

奥兹玛听完多萝西热心的建议只是微笑着，但是奥瑞克斯女士用一种焦虑的口气说：

"你在这座岛上已经成为阔厄欧女王的俘虏之后还能说出这些话，真是让我十分惊讶。毫无疑问，你说的都对，但是就在现在，一场可怕的战争即将打响。可怕的事情可能马上就要降临到我们身上。我们的女王十分自负，她认为她能够打败苏迪克和他的手下。但是听说苏迪克的魔法十分强大，虽然没有他那被阔厄欧变成金猪的妻子罗拉强大。"

"我倒不责怪她这么做，"多萝西评价道，"因为弗拉特赫兹人十分邪恶，想抓走你们的漂亮鱼儿，女巫罗拉想要把湖里所有的鱼都毒死。"

"你知道原因么？"奥瑞克斯女士问。

"我想除了因为邪恶的本性以外就没有什么其他原因了。"多萝西说。

"告诉我们原因。"奥兹玛认真地说。

"是这样的，陛下，曾经——很久以前——弗拉特赫兹人和斯克则人是友好的。他们拜访我们的岛屿，我们拜访他们的山峰，两族的人民十分和睦。那个时候弗拉特赫兹人被三位魔法大师统治。她们是美丽的女孩，虽然不是弗拉特赫兹人，但是她们一到弗拉特山上就住在了那里。这三位大师只用魔法做好事，所有山民们非常高兴地推选她们作为统治者。她们教会弗拉特赫兹人如何用自己的罐头脑袋和如何用金属制造永远不会穿坏的衣服，还有其他很多可以让他们快乐满足的东西。

"阔厄欧那个时候也是我们的女王，但是她一点都不懂魔法，所以她也就没什么值得骄傲的。但是三位大师对阔厄欧很好。她们为我们造了这伟大的玻璃穹顶和大理石房子，然后教会我们如何制作漂亮的衣服和其他很多东西。阔厄欧假装十分感谢这些帮助，但其实十分嫉妒这三位大师，而且偷偷地想要研究她们的魔法。在这方面她可要比大家想象的聪明得多。她邀请了这三位大师某一晚来宫殿里参加宴会，就在宴会进行的时候，阔厄欧偷走了她们的魔力和魔法器具，然后把她们变成了三条鱼——一条金色的鱼、一条银色的鱼和一条青铜鱼。当这三条可怜的鱼在宴会大厅的地上喘息和挣扎的时候，其中一条鱼怨恨地说道：'阔厄欧，你会因为这么做而受到惩罚的。如果我们其中一条死了的话，你就会变得枯萎而无助，所有你偷来的魔力都会离开你。'被这诅咒吓到的阔厄欧立刻拿起三条鱼跑到湖岸边，把它们投入了水中。复苏过来的三位大师就游走消失了。"

"我自己亲眼看见了这震惊的一幕，"奥瑞克斯女士继续说道，"其他很多斯克则人也看到了。消息很快传到了弗拉特赫兹人那里，他们和我们就从朋友变成了敌人。苏迪克和他的妻子是山民中唯一对三位大师离开很高兴的人，他们立刻就摇身一变成为了弗拉特赫兹人的统治者，然后从其他人那里偷取大脑来变得更加有权力。大师们的一些魔法器具被留在了山上，于是罗拉得到了这些器具，通过用这些魔法器具，她就变成了一个巫师。"

"阔厄欧背叛的结果让斯克则人和弗拉特赫兹人都陷入了痛苦。不仅仅是苏迪克和他的妻子虐待自己的人民，我们的女王同样也立刻变得自大和傲慢，对我们十分不好。因为所有的斯克则人都知道她的魔力是偷来的，所以她憎恶所有的人，让我们在她面前十分卑微，并且要完全听从她的命令。如果我们没有遵守，没有让她开心，或者我们在自己的家里谈论了她，她就会把我们拽进她宫殿里的鞭刑柱子上，用打了结的绳子抽打我们。这就是为什么我们这么害怕她的原因。"

这个故事让奥兹玛心里十分难过，而多萝西满腔怒火。

"我现在明白了，"奥兹玛说，"为什么湖里的鱼引起了斯克则人和弗拉特赫兹人之间的战争。"

"是的，"奥瑞克斯女士回答说，"听过故事之后，你就能理解为什么了。苏迪克和他的妻子到我们湖边是为了抓住银鱼，或者金鱼，或者铜鱼——任何一条都可以——然后杀死一条鱼就可以让阔厄欧丧失魔法。这样他们就可以轻易地打败她。当然另外一个方面来说，他们想抓住这些鱼还有其他原因，他们害怕这三位大师会变回原来的样子而把他们赶回山上，惩罚罗拉和苏迪克。这就是为什么最终罗拉想要把湖里所有的鱼都杀死的原因。当然了，这种想要杀死所有鱼的行为让女王很害怕，因为她的安全取决于这三条鱼能活着。"

"我想阔厄欧女王会用尽全力和弗拉特赫兹人开战。"多萝西说。

"用她所有的魔法。"奥兹玛深思说。

"不过我不知道弗拉特赫兹人如何能到这座岛上来伤害我们。"奥瑞克斯说。

"他们有弓和箭，我想他们应该是想把箭射向你们的大穹顶，然后打破上面所有的玻璃。"多萝西说。

奥瑞克斯微笑着摇了摇头。

"他们做不到的。"她说。

"为什么?"

"我不敢告诉你为什么,但是当明天早晨弗拉特赫兹人来的时候,你就知道为什么了。"

"我想他们应该不是想要尝试破坏这座岛屿,"奥兹玛说,"我相信他们一开始肯定会想摧毁鱼群,用下毒药或者其他的方式。如果他们成功了,征服岛屿就不会很难了。"

"他们没有船只,"奥瑞克斯女士说,"而等待这场战争很久的阔厄欧已经用很多令人震惊的方式做好了准备。我几乎希望弗拉特赫兹人能够征服我们,这样我们就不用受我们可怕的女王统治了;但是我不想看到那些变形的鱼被毁掉,因为它们承载了我们将来的快乐和和平。"

"奥兹玛会照顾好这里的,不管发生什么。"多萝西向她保证。但是奥瑞克斯女士不知道奥兹玛的能力到底有多大——事实上,没有多萝西所想象的那么大——所以就算相信这个承诺结果也并没有好太多。

很明显,明天会有非常激动人心的时刻,如果弗拉特赫兹人真的攻击斯克则人的魔法岛屿的话。

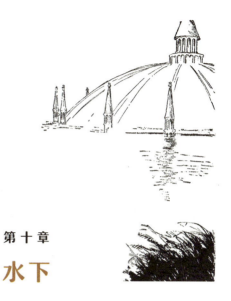

第十章

水下

当夜幕降临到达穹顶内部的时候，街道和房子都被明亮的灯光照亮，四周亮得犹如白昼。多萝西想到，在晚上从湖对岸看这里应该十分美丽吧。女王的宫殿里，狂欢和盛宴正在进行，在多萝西和奥兹玛待着的奥瑞克斯女士的房子里都能听见皇家乐队的乐声。她们是囚犯，但是被很好地照顾着。

奥瑞克斯女士给她们提供了丰盛的晚餐，而当她们想要休息的时候，就把她们带到一个有着舒适的床的房间，然后和她们道晚安，祝她们好梦。

"你怎么看这一切，奥兹玛？"在她们单独相处的时候，多萝西焦急地问奥兹玛。

"我很高兴我们来到这里，"奥兹玛回答，"尽管明天有些矛盾需要调节，我还需要认识这些人民，因为他们的统治者十分没有规矩和法律意识，用不公正和残忍来压迫他们的人民。我现在的任务就是解放斯克则人和弗拉特赫兹人，让他们得到自由和幸福。我肯定我会按时完成任务的。"

"但是，直到现在，我们还处在一个困境中，"多萝西说，"如果明天阔厄欧女王赢了的话，她不会好好对待我们；但是如果是苏迪克胜了的话，我们就更没好日子过了。"

"别担心，亲爱的，"奥兹玛说，"不管发生什么，我不觉得我们会有危险，我们这次的冒险一定会有好结果的。"

多萝西不是很担心。她对自己的朋友十分有信心，她也很享受她参与的各种刺激的事情。随后她跳上床，轻松地入睡了，如同睡在奥兹玛皇宫里的舒适小床上一样。

一种刺耳磨人的声音把她吵醒了。整个岛屿好像都在颤抖和摇摆，就像发生了地震。多萝西从床上坐了起来，揉了揉眼睛，让自己不再瞌睡，然后发现天已经亮了。

奥兹玛匆忙穿好了衣服。

"怎么了？"多萝西从床上跳下来问道。

“不知道，”奥兹玛说，“但是看起来岛屿像在沉没。”

她们以最快的速度穿戴好，而咯吱咯吱的声音和摇摆还在继续。她们跑进房间的客厅，发现奥瑞克斯女士已经穿戴整齐在等着她们。

“别惊慌，”女主人说，“阔厄欧决定把岛屿沉下水去，就是这样。但是这也证明了弗拉特赫兹人正在攻击我们的路上。”

“什么叫把岛屿沉下水去？”多萝西问。

“到这里来看。”

奥瑞克斯女士带着她们来到笼罩整个小岛的大穹顶的一面，她们看到这座小岛确实在向下沉，因为湖水已经淹到穹顶的一半位置了。透过玻璃，可以看到正在游泳的鱼，还有高高的摇摆着的海草，湖水十分清澈如同水晶一般，她们甚至能看到远远的湖对岸。

"弗拉特赫兹人还没有到这里，"奥瑞克斯说，"他们马上就要到了，但是不可能在大穹顶全部沉入水中之前到达。"

"但是这穹顶不会开裂吧?"多萝西焦急地问。

"不，一点都不会。"

"这座岛屿曾经沉下去过吗?"

"哦，是的，有些时候会。不过阔厄欧很少会这么做，因为运作那个机器需要很多辛苦的准备。穹顶沉没就是为了让岛屿可以消失，我想。"她继续说道，"因为我们的女王害怕弗拉特赫兹人会攻击岛屿，并攻破穹顶的玻璃。"

"啊，但是如果我们在水里的话，他们就没法和我们战斗了，我们也没法和他们战斗。"多萝西说。

"但是不管怎么样，他们还是可以杀死鱼群的。"奥兹玛严肃地说。

"我们有我们的战斗方法，即使岛屿沉到了水面以下。"奥瑞克斯说，"我不能告诉你我们的秘密，但是这座岛屿可是充满了惊喜。而且我们女王陛下的魔法也是出神入化的。"

"她的魔法都是从那三位已经变成鱼的大师那里偷来的?"

"她偷走了知识和魔法器具，但是她用三位大师从来都没有用的方式使用了这个魔法。"

就在这时，穹顶已经完全沉入水里了，突然这岛屿就停止了沉没，变得不动了。

"看！"奥瑞克斯女士喊道，指着对岸，"弗拉特赫兹人来了。"

在已经远远高于她们脑袋的岸边，可以看到一群黑影。

"现在让我们看阔厄欧会怎么对付他们。"奥瑞克斯女士继续说，她的声音透露出一丝兴奋。

从棕榈树那里行军过来的弗拉特赫兹人，正好在岛屿的大穹顶整个消失在水里的时候来到了湖边。水依然在流动，但是通过清澈的水，还是可以看见大穹顶，斯克则人的房子也可以通过玻璃的格子看到一个模糊的样子。

"太棒了！"苏迪克说，他武装了自己的军队还带来了两个铜器皿，这两个铜器皿被他小心地放在了岸边，"如果阔厄欧只是想逃避而不是打仗的话，我们的工作就简单多了，因为任何一个铜器皿里的毒药都足够杀死这湖里的每一条鱼。"

"那么就趁我们还有时间，赶紧杀了他们，然后我们就回家去。"其中一名军官建议。

"还没到时候，"苏迪克说，"斯克则人的女王违抗了我的命令，我在摧毁她的魔力的同时还要她向我臣服。她把我可怜的妻子变成了一只金猪，不管如何我都要为此报仇。"

"小心！"这名军官突然指着湖水说道，"看起来里面有些动

作了。"

从沉下去的穹顶上开了一扇门，然后一个黑色的东西迅速射到水里。门迅速关了，这黑色的东西飞快地在水里游动，径直向弗拉特赫兹人站的地方飞来。

"那是什么东西？"多萝西问奥瑞克斯女士。

"这是女王的一艘潜艇，"她回答道，"是全封闭的，能在水下移动。阔厄欧在我们村庄下面的地下室里有几艘这样的潜艇。当岛屿沉下去以后，女王用这些潜艇来上岸，现在我想她是准备和弗拉特赫兹人开战了。"

苏迪克和他的手下都不知道潜艇的存在，所以他们只是吃惊地看着这艘水下的船接近他们。当它已经很靠近岸边的时候，它浮出水面，船头分离转向，从里面出来一队武装好的斯克则人。领头的就是女王，她在船首站着，一手拿着一卷像银子一样闪光的魔法绳索。

船停止前进，阔厄欧把胳膊缩回去，然后把银色绳索扔向只有一英尺远的苏迪克。但是这诡计多端的弗拉特赫兹统治者立马明白了自己的危险处境，就在女王把绳子扔出去之前，他拿起了一个铜器皿，把里面的东西都泼在了她的脸上！

第十一章

斯克则人的征服

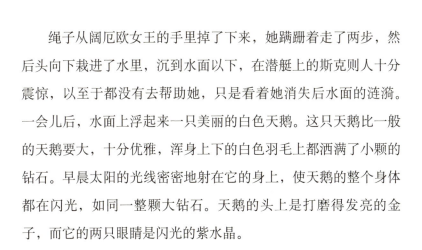

　　绳子从阔厄欧女王的手里掉了下来，她蹒跚着走了两步，然后头向下栽进了水里，沉到水面以下，在潜艇上的斯克则人十分震惊，以至于都没有去帮助她，只是看着她消失后水面的涟漪。一会儿后，水面上浮起来一只美丽的白色天鹅。这只天鹅比一般的天鹅要大，十分优雅，浑身上下的白色羽毛上都洒满了小颗的钻石。早晨太阳的光线密密地射在它的身上，使天鹅的整个身体都在闪光，如同一整颗大钻石。天鹅的头上是打磨得发亮的金子，而它的两只眼睛是闪光的紫水晶。

"太棒了！"苏迪克边邪恶地笑着跳着边喊道，"我可怜的妻子罗拉，我最终还是给你报了仇。你把她变成了一只金猪，阔厄欧，我就把你变成一只钻石天鹅。如果你喜欢，就永远游在你的湖面上吧，你那鹅的足璞是没法再使出任何魔法的，你现在就如同被你变成猪的我的妻子一样可怜了！"

"无耻！卑鄙！"钻石天鹅呱呱地叫道，"你一定会被惩罚的！天啊，我是多么愚蠢才被你变成了天鹅！"

"你以前是个笨蛋，现在还是个笨蛋！"苏迪克开心地疯狂跳着笑着。但是他不小心用脚跟踢到了另外一个铜器皿，里面的东西洒在了沙滩上，被沙子全部吸收掉了。

苏迪克停止了发疯，然后十分难过地看着被打翻的容器。

"太惨了——这样太惨了！"他痛苦地说，"我没有可以杀死鱼的毒药了，我再也配不出毒药了，因为只有我妻子才知道配方，但是她现在只是一头蠢猪，忘记了所有的魔法。"

"很好，"钻石天鹅讽刺地说，它在水面上优雅地游来游去，"我很高兴看到你的挫败。你的惩罚才刚刚开始，即使你已经把我变成了天鹅，禁锢了我的魔力，但是你还有三条魔法鱼要对付，它们总会打败你的，就如同我说的那样。"

苏迪克盯着天鹅看了一会儿，然后他对他的手下吼道：

"射死它！射死这只讨厌的鸟！"

于是他们向钻石天鹅射出了箭，但是它潜进了水里，这些箭都没有伤到它。当阔厄欧再次从水面上浮起来的时候，它已经离岸边很远了，它敏捷地游到了没有箭和矛能射到它的地方。

　　苏迪克抓着自己的下巴思考下面该怎么办。附近就漂着女王带过来的潜艇，但是里面的斯克则人也很困惑不知道接下来该怎么办。也许他们看到自己残忍的女王被变成钻石天鹅并没有很难过，但是这样也让他们很无助。这艘潜艇不是用机械控制的，而是由阔厄欧念出的咒语控制。他们不知道如何下潜，也不知道如何关闭舱门，如何让船回到城堡，如何让它回到原来放潜艇的地下室小房间里。事实上，他们已经被送出自己的村庄而回不去了。所以他们其中一个人对弗拉特赫兹的最高独裁者喊道：

　　"请把我们俘虏了带去你的山上吧，给我们吃的和睡的地方，我们已没地方可去了。"

　　苏迪克大笑着回答："不可能，我才不会带走一堆愚蠢的斯克则人。你们就待在那里吧，或者你们高兴去哪里就去哪里，只要你们不来我的山上。"他转而对自己的部下说："我们已经打败阔厄欧女王，把她变成了一只无助的天鹅。斯克则人在水下，也就一直待在那里了。所以，我们赢了这场战斗，让我们回家大摆筵席庆祝胜利吧！事实证明这么多年来，我们弗拉特赫兹人比斯克则人更加厉害。"

　　于是弗拉特赫兹人排成一队穿过棕榈树回到了自己的山上。苏迪克和少数一些军官大摆筵席，而其他人都陪着他们。

　　"我很抱歉我们不能吃烤猪，"苏迪克说，"因为我们只有这头由金子做成的猪，所以我们不能吃了它。而且金猪是我的妻子，就算不是，它也硬得吃不动。"

第十二章

钻石天鹅

　　弗拉特赫兹人走了之后，钻石天鹅游回了潜艇，然后一个叫做依维柯的年轻斯克则人焦急地对她说："女王陛下，我们该怎么回到岛上啊？"

　　"我不美丽么？"阔厄欧问道，优雅地伸着自己的长脖子和缀满钻石的双翅，"我可以看到自己在水中的倒影，我确信这世界上没有任何一只鸟儿或者是野兽、甚至是人类，能有我这么美丽。"

　　"我们该怎么回到岛上呢，女王陛下？"依维柯恳求道。

"当我的名声在整个世界上传播开来的时候，所有的人都会到湖边来看我可爱的模样。"阔厄欧说着，一边抖动她的羽毛，让钻石看起来更加晶莹剔透。

"但是，我的殿下，我们需要回家，我们不知道怎么回去。"依维柯反复说道。

"我的眼睛，"钻石天鹅说道，"蓝得那么好看、那么亮，所有的观众都会为之着迷的。"

"告诉我们如何让船动起来吧——如何回到岛上，"依维柯和其他人十分焦急地叫道，"告诉我们，阔厄欧，告诉我们！"

"我不知道。"女王用一种漠不关心的口吻回道。

"你是一个魔法师，一个女巫，你肯定知道！"

"我以前是，当然啰，当我还是一个女孩的时候，"她边说着边把自己的头弯下来看着清澈湖水里自己的倒影，"但是现在我已忘记了所有愚蠢的魔法。天鹅要比女孩可爱多了，特别是浑身都是闪亮的钻石的时候。你们不这么认为么？"然后这优雅的天鹅游走了，似乎也不管他们是否回答。

依维柯和他的同伴都绝望了。他们很明白阔厄欧根本不会帮助他们了。前女王现在一点都不关心自己的岛屿、人民或者她原来拥有的伟大魔法；现在她只顾影自怜，享受自己的美貌。

"确实，"依维柯沮丧地说道，"弗拉特赫兹人打败了我们！"

奥兹玛和多萝西、还有奥瑞克斯女士目击了这些事情的发生，她们离开了房子，走进穹顶的玻璃以期能看到事情接下来的发展。很多斯克则人也挤在穹顶边缘，希望看到下面会发生什么。即使他们的视线被水波干扰，即使需要仰起头用特定的角度去看，他们也都看到了水面上戏剧性的发展。他们看到阔厄欧女王的潜艇浮上水面后打开门，看到女王站着抛出自己的魔法绳索；看到她突然被变成一只钻石天鹅，穹顶内的斯克则人瞬间发出一声惊讶的喊叫。

"太棒了！"多萝西说，"我讨厌那个老苏迪克，但是我也很高兴阔厄欧终于受到了惩罚。"

"这真是一种不幸！"奥瑞克斯女士把手按在胸口说。

"是的，"奥兹玛同意道，沉思地点着头，"阔厄欧的不幸会导致她人民的不幸。"

"这么说是什么意思？"多萝西惊讶地问，"对我来说，失去他们残忍的女王对于斯克则人是一件好事呢。"

"如果就这样那么你就对了，"奥瑞克斯女士回答，"如果岛屿是在水上的话，问题就没这么严重。但是我们都在湖底，变成了被穹顶囚禁的犯人。"

"你不能让岛屿升起来么？"多萝西问。

"不能，只有阔厄欧才知道怎么做。"这就是答案。

"我们可以试一试。"多萝西坚持，"如果可以沉下来，那么也就可以浮上去。我想机器还在那里没动。"

"这没错，但是机器是用魔法驱动的，而阔厄欧是不可能告诉我们任何一个人她的魔力秘密。"

多萝西的脸一下子就严肃了，但是她也在思考。

"奥兹玛知道很多魔法。"她说道。

"但是我不懂这种魔法。"奥兹玛回答。

"你就不能看着这个魔法机器学习么？"

"我想我不能，亲爱的。这完全不是精灵魔法，这是一种巫术。"

"啊，"多萝西对着奥瑞克斯说，"你说过这里还有其他的潜水艇。那么我们可以进去其中一个，飞出水面，就像阔厄欧所做的那样，然后就逃离了。我们就可以救助其他被困在这里的斯克则人了。"

"除了女王没人知道怎么用那些潜艇。"奥瑞克斯女士说。

"这穹顶上有门或者窗户我们可以打开么？"

"没有，就算有的话，水会淹没整个穹顶，我们也逃不出去。"

"斯克则人，"奥兹玛说，"是不会被淹死的；他们只会浑身浸透水，会非常不开心不舒服。但是多萝西，你是一个凡人，如果你的魔法腰带没法保护你的话，你就会永远留在这湖底了。"

"不，我宁可快点死。"小女孩说，"但是在地下室有开着的门——让桥和船进出的门——这也不会让穿顶进水，你知道的。"

"这些门是用魔法单词控制开关的，只有阔厄欧知道那些单词。"奥瑞克斯女士说。

"我的老天！"多萝西说，"这讨厌的女王的巫术让我所有逃跑的计划都失败了。我想我投降了，奥兹玛，你来拯救我们吧。"

奥兹玛微笑着，但是她的微笑不如以前那么轻松。奥兹的公主发现自己面对着一个严肃的问题，尽管她没有绝望，但是她明白斯克则人和他们的岛屿，还有多萝西和她自己都被这个问题困住了，除非她能想到一个救自己的方法，要不然他们都会永远被困在水底。

"在这样一个进退两难的境地，"她思考着说，"匆忙行动什么也解决不了，仔细的思考以及等待事态的发展也许是有益的。意想不到的事情常会发生，淡定的耐心总比草率的行为要有用得多。"

"好吧，"多萝西说，"慢慢来，奥兹玛，不要匆忙。奥瑞克斯女士，我们有早饭吃吗？"

她们的女主人带领她们回到了房子里，让正在害怕得发抖的仆人准备早饭。所有的斯克则人都因为他们的女王变成一只天鹅而十分害怕和焦虑。阔厄欧曾经被讨厌和憎恨，但是他们也不得不依赖她的魔法来打败弗拉特赫兹人，况且她是唯一能把岛屿升上水面的人。

在吃完早餐之前，几个斯克则人的头领来到奥瑞克斯女士的房子里，希望寻求她的建议和质问自称是精灵而且是奥兹王国统治者的奥兹玛。除了听闻奥兹玛声称自己是斯克则的统治者以外，他们对她一无所知。

"如果你告诉阔厄欧女王的都是事实的话，"他们对她说，"你就是我们法律上的女主人，我们就应该依靠你来摆脱这个困境。"

"我会试着这么做的，"奥兹玛亲切地向他们保证，"但是你们必须知道，精灵的法力是用来给他们喜爱的人带来快乐和幸福的。另外，阔厄欧知道和使用的是一种违法的巫术，她用的这种巫术是没有一个精灵愿意用的。有时候只有了解邪恶才能带来美好，可能只有通过学些阔厄欧的魔法工具和巫术才能救大家。你们承诺会接受我成为你们的统治者并且遵守我的法律么？"

他们十分愿意地答应了。

"那么，"奥兹玛继续说道，"我会去阔厄欧的宫殿并且接管它。也许我在那里找到的东西会有用。同时请告诉所有的斯克则人不要害怕，只需要耐心等待。让他们回到自己的房子里去，像往常一样生活。阔厄欧的离去也许不是一种不幸，很可能是一种祝福。"

这样的演讲让斯克则人十分受鼓舞。确实，他们现在除了奥兹玛就没有人可以依靠了，而且尽管处于危险的境地，但他们的内心还是被这些变故和残忍女王的离去而点亮。

他们出动了他们的铜管弦乐队和一对盛大的队伍护送奥兹玛和多萝西回到宫殿，而前女王阔厄欧的仆人已经迫不及待来接待她们了。奥兹玛邀请奥瑞克斯女士留在宫殿里协助她们。因为她了解斯克则人的国度和岛屿，而且作为以前女王的爱臣，她的建议也是非常有用的。

奥兹玛对于她在宫殿里发现的东西多少有些失望。阔厄欧的一间私人套房里满满地堆着她的魔法器具、数不清的奇怪工具和一罐罐油膏，以及贴着奇怪名字标签的毒药瓶子。还有奇怪的机器，奥兹玛甚至都猜不出用途；还有腌制着的癞蛤蟆、蜗牛和蜥蜴。另有一书架子用血写成的书，但是里面的语言连奥兹王国的统治者奥兹玛也不认识。

"我不明白，"奥兹玛对旁边的多萝西说，"阔厄欧是如何学会使用她从三位魔法大师那里偷来的魔法器具的。而且，从情报上来看，这三位大师只会用好的魔法去帮助人民，但是阔厄欧只会用坏的魔法。"

"也许她把好的东西用来做邪恶的事情?"多萝西说。

"是的,而且毫无疑问,阔厄欧用自己得到的知识发明了很多连现在变成鱼的大师都不了解的邪恶魔法,"奥兹玛补充道,"对于我们来说,邪恶女王把自己的秘密保存得这么隐秘实在是太槽糕了,因为除了她就没人能用这些堆在房间里的奇怪东西。"

"我们不能去抓住钻石天鹅然后让她说出秘密么?"多萝西问。

"不,即使我们能抓住她,阔厄欧也已经忘记了所有她会的魔法了。而且除非我们逃出这个穹顶,才能抓住天鹅,而如果我们能逃出穹顶,抓住天鹅也就没用了。"

"这倒是事实。"多萝西同意道,"但是——如果,奥兹玛,我有个好主意!我们能抓住那三条鱼么——金色、银色和青铜的鱼，你能把它们变回它们原来的样子，然后这三位大师就可能帮助我们离开这里了。"

"你真是太天真了，亲爱的多萝西。从湖水里抓住这三条鱼会比抓住天鹅又简单多少呢？"

"但是如果我们可以的话，会对我们很有用。"小女孩坚持道。

"是的，"奥兹玛回答道，微笑着应对她朋友的焦急，"你只要找到能抓到鱼的办法，我保证一定把它们变回原来的样子。"

"我知道你认为我做不到，"多萝西说，"但是我还是要试试看。"

她离开宫殿，跑到一个她可以从穹顶的玻璃上仔细观察四周的地方，她立刻被看到的奇怪景象吸引住了。

斯克则人的湖水里住着很多鱼，各种各样，大小不一。湖水十分清澈透明，所以多萝西可以看到很远的距离，而有时候鱼会离玻璃很近，所以其实它们可以碰到穹顶。在湖底的白色沙子上是海星、龙虾、螃蟹和很多奇形怪状的贝壳，有着绚丽的颜色。水里的植物也是五颜六色，多萝西都已经把它想象成一个灿烂的水底花园了。

但是鱼群是最有趣的。有的很大很懒，慢慢地随水漂流，或者只是休息着，让小鱼鳍慢慢地挥着。有的大眼睛鱼类在女孩看着它们的时候也盯着女孩看，多萝西就在想，如果她隔着玻璃跟它们说话，不知道它们是否能听到。在奥兹王国，鸟儿和动物都能够说话，很多鱼类也是能说话的，但是通常它们都比鸟和其他动物要笨一些，因为它们思考得很慢，也没什么话好说。

在斯克则湖里，小一点的鱼比大鱼要更加活泼，迅速地冲进冲出摇曳着的水草，好像它们有什么重要的事情，所以很着急。多萝西想要看到金鱼、银鱼或者青铜鱼的几率实在是太小了。她觉得这三条鱼一定会在一起，就如同原来一样结为伙伴，但是有太多的鱼游来游去，景象每时每刻都在变幻，她甚至都不能保证它们出现的时候她能发现它们。她的眼睛也没办法看到所有的方向，所以她想要找的鱼可能就在穹顶的另外一面，或者远在湖的其他地方。

"也许，因为它们害怕阔厄欧，已经把自己藏在了哪里，而不知道自己的敌人已经被变成了天鹅。"她这么想。

她对着鱼看了好长时间，直到饿了才跑回宫殿去吃午餐。但是她并没有灰心泄气。

"有什么新进展么，奥兹玛？"她问道。

"没有，亲爱的。你找到那三条鱼了么？"

"还没有，但是我也没有什么更好的事情去做了，奥兹玛，所以我觉得我还会回去继续看鱼。"

第十三章

警钟

伟大的葛琳达在奎德林国的宫殿里，她心里有很多事情要考虑，除了照顾她的一群侍女们纺织和刺绣之外，她还需要帮助那些过来请求她帮助的生物——野兽和鸟或者是人类——但是她也仍然勤奋学习魔法，花费很多时间在自己的魔法实验室里，努力找到对付每种邪恶的办法，完善自己的魔法技能。

然而，她不会忘记每天看看自己的魔法记录书，看是否有提到奥兹玛和多萝西去弗拉特赫兹人的魔法山和斯克则人的魔法岛屿的事情。记录告诉她奥兹玛到达了魔法山，和她的同伴逃离了

117

苏迪克的魔爪，到了斯克则人的魔法岛屿上，阔厄欧女王把整个岛屿都沉到了水面以下。然后就是弗拉特赫兹人来到湖边想要把鱼都毒死，而他们的最高独裁者苏迪克把阔厄欧女王变成了一只天鹅。

书中没有再提到更多的细节，所以葛琳达不知道自从阔厄欧变成天鹅之后就忘记了所有的魔法，没有任何一个斯克则人知道如何把岛屿再次升上水面。所以葛琳达没有再为奥兹玛和多萝西担心，直到第二天早晨，她和自己的侍女坐在一起的时候，宫殿的警钟突然响了起来。这太不寻常了，以至于所有的侍女都吓了一跳，而女巫一时都想不起这警钟意味着什么。

然后她想起来，她在多萝西离开宫殿去冒险之前给了她一枚戒指。给她这枚戒指的时候，她希望在多萝西和奥兹玛面对真正的危险之前都不要用，但是当她把戒指向右转一次，向左转一次之后，葛琳达宫殿的警钟就会响起来。

于是女巫知道有危险在威胁着她亲爱的统治者奥兹玛和公主多萝西，于是她匆忙跑到魔法室去看是哪种危险正威胁着她们。不过她得到的答案让她不是很满意，因为上面只是写着："奥兹玛和多萝西被斯克则人魔法岛屿的穹顶关了起来，穹顶处于湖水下面。"

"奥兹玛难道没有能力把这岛屿升出水面么？"她问道。

"没有。"这是魔法书的回答，魔法书还说除了已经被弗拉特赫兹人的苏迪克变成天鹅的阔厄欧女王，没有谁能命令岛屿上升。

于是葛琳达从伟大的魔法书里找寻斯克则人过去的记录。费尽心血搜寻后，她发现阔厄欧是一个十分强大的女巫，而她的魔力来自被她背叛还被她变成鱼——金鱼、银鱼和铜鱼——的三位伟大魔法大师——然后她就把它们扔进了湖里。

葛琳达仔细思考了这些情况之后，决定需要有人到那里去帮助奥兹玛。但是也不是非常紧急，因为奥兹玛和多萝西在潜水的穹顶里可以生活上一段时间，很明显如果没人升起岛屿的话，她们也出不来。

女巫看着自己的巫术书和秘方，都没有找到能升起一座沉没岛屿的魔法。这样的事情从来没有在魔法历史上出现过。于是葛琳达造了一座小岛，用一个玻璃穹顶盖住，把它沉进城堡附近的小池塘里，试验用各种魔法企图把它升出水面。她做了好几个试验，都失败了。看起来很简单的一件事情，她却做不成。

不论如何，聪明的女巫没有在想办法解救自己朋友的事情上绝望。最终她认为最好的方法应该是到斯克则国去检查一下湖水。她现在是更想找到困扰她的问题的解决方法，而不是想一个计划去救助多萝西和奥兹玛。

于是葛琳达召唤了自己的鹳和她的空中二轮战车，告诉侍女她要出门，可能近期不会回来，然后她走进战车，飞快地向翡翠城飞去。

在奥兹玛公主的宫殿里，稻草人现在是奥兹王国的统治者。他也没有什么要做的，因为所有的事情都非常顺利，但是他总得在那里，以防意外的事情发生。

葛琳达发现稻草人正在与特洛特和贝特茜·勃宾玩槌球戏。这两个住在皇宫里享受奥兹玛庇护的两个小女孩是多萝西的好朋友，也十分受奥兹人民的喜爱。

"有什么事情发生了！"特洛特一看到女巫的战车向他们行驶过来就喊道，"除非有什么坏事发生，葛琳达从来都不来的。"

"我希望奥兹玛或者是多萝西都没有受到伤害。"贝特茜焦虑地说，正在这时，可爱的女巫正从战车上走下来。

葛琳达走近稻草人，告诉他奥兹玛和多萝西正面临的困境，然后她补充道："不论如何，稻草人，我们都要去救她们。"

"当然了。"稻草人说着，被一个小门绊了一跤，倒在了自己的脸上。

女孩们把他扶起来，轻拍他的稻草填充物，直到他恢复原形，然后他继续说道，好像什么都没发生："但是你得告诉我，我该怎么做，因为我这辈子从来没有把一个沉没的岛屿抬起来过。"

"我们需要现在集合我们的议会，越快越好。"女巫建议道，"请派出信使召集奥兹玛所有的议员到皇宫来。我们一起讨论该怎么办才好。"

稻草人立刻就去办这件事情了。幸运的是，大多数皇家议员都住在翡翠城，或者离得很近，所以那天晚上他们就都在皇宫的大殿里会面了。

第十四章

奥兹玛的议员们

历史上应该没有哪个统治者有比奥兹玛公主更奇怪的议员组合了。确实，在其他的国家也不可能有这些神奇的人类出现。但是奥兹玛因为他们的独特而热爱他们，并信任他们每一个人。

首先是铁皮人。他身体的每一寸都是锡做的，打磨得十分闪亮。他所有的关节都得到很好的润滑，让他能够很顺畅地挪动。他携带一把闪光的斧头来证明自己是一名樵夫，但是他很少用到，因为他住在奥兹仙境的温基王国一座神奇的锡城堡里，而且是温基王国所有人民的统治者。铁皮人的名字叫做尼克乔坡。他有一颗非常善良的心，所以他很注意不会做一些不好的事情伤害到其他人的感情。

另外一个议员是碎布片，奥兹的碎布姑娘，是用一床缝补出来的华丽被子剪出人的形状，然后填满棉花做成。这个碎布姑娘十分聪慧，但是总是喜欢开玩笑和恶作剧，所以很多愚蠢的人民认为她是疯子。碎片布在任何情况下都是很开心的，不管其他人有多严肃，她快乐和乐观的精神总是在鼓舞别人时起到很大的作用，而她看起来随意的语句里总是能找到智慧的影子。

然后就是邋遢人——从头到尾，从头发到胡须、从衣服到鞋子都是蓬松的——但是十分友好和温柔，是奥兹玛的一位十分忠诚的支持者。

滴答人也在那里，他是一个身体里有着机器的铜质男人，他的结构非常精妙，移动、说话和思考都依赖三块独立的发条装置。滴答人是十分值得信赖的，因为他总是说到做到，但是他的机器有时候会停止，这个时候他就会十分无助，除非有人再把他的发条上紧。

另外一个特别的人就是南瓜头杰克了，奥兹玛的一个老朋友，而且也是她以前很多次冒险的好伙伴。杰克的身体是天然粗糙的，由各种尺寸的各种树枝用木钉钉在一起。但是这是一个十分耐用的身体，因为不会轻易损坏或者磨坏，而当他穿上衣服之后，就会遮盖掉自己身体表面的粗糙了。南瓜头杰克的头就如同你猜测的一样，是一个熟透了的南瓜，刻着他的眼睛、鼻子和嘴巴。南瓜是套在杰克的木头脖子上的，比较容易向一边偏过去，或者转到后面，杰克就需要用自己的木头手把头调整到正确的地方。

这种头最不好的一个地方就是不好保存，不管时间长短，总是会烂掉。于是杰克最主要的任务就是每年种一片很好的南瓜田，在杰克的头腐烂之前，他会从田里挑选一个新鲜的南瓜，然后仔细地刻上五官，在需要的时候就替换掉旧的头。他每次刻画自己的五官都不太一样，所以他的朋友不知道他们会在他的脸上看到什么样的表情。但是总是不会认错他，因为他是奥兹王国唯一活着的南瓜头人啦。

一个一条腿的男人也是奥兹玛议会的一员。他的名字是比尔船长，他和特洛特一起来到奥兹王国，因为他的智慧、诚实和良好的性格被大家欢迎。他用一条木腿代替自己失去的一条腿，而且他是奥兹王国小孩们的最好朋友，因为他能够用自己的大折刀和木头制作出任何的玩具。

H.M. 沃格乐巴哥·T.E 教授是议会的另外一个成员。"H.M"表示"高度放大"，因为这位教授曾经是一只小虫子，但是后来变大成为一个男人，就再没有变回去过。"T.E"意味着他是"完全受过教育"。他是奥兹玛公主的皇家体育学院的校长，他的学生不需要浪费时间学习，可以把所有的时间贡献给体育运动，比如足球、棒球等，因为沃格乐巴哥教授发明了著名的学习药片。如果学校里的一个学生在早餐后吃上一片地理药片，他立刻就理解了自己的地理课；如果吃一片拼写药片，他立刻就明白了如何拼写，而算数药片让学生能够不用想就做出所有算数题目。

这些有用的药片让这所大学十分受欢迎，用最简单快捷的方法教会奥兹王国的男孩女孩们需要学习的知识。尽管如此，沃格乐巴哥教授在学校里并不是很受欢迎，因为他非常自负，而且十分崇拜自己，整日把聪明才智展示出来，所以没有人想和他打交道。不管怎样，奥兹玛还是发现了他在议会中的才能。

也许在所有出席的人当中穿着最华丽的就属一只大如人类的青蛙了，他叫青蛙人，因为他充满智慧的言语而出名。他从奥兹王国的伊普国来到翡翠城，是一位十分受尊敬的客人。他的长拖尾礼服是天鹅绒的，背心是绸缎的，裤子是最好的丝绸。他的鞋子上有着钻石鞋扣，他拄着黄金头儿的手杖，戴着丝绸的高帽子。所有的这些亮色都呈现在他华丽的服饰上，所以如果有人看着他太长时间的话会觉得十分累，直到适应了他这样的打扮。

奥兹王国最好的农民就是亨利叔叔，也是多萝西的亲叔叔，他和艾米阿姨一起住在离翡翠城不远的地方。亨利叔叔教会奥兹人民如何种出最好的水果、蔬菜和谷物，对奥兹玛的皇家粮仓做出了很大的贡献。他也是一名议员。

最后提到的是奥兹的大法师，他是奥兹最重要的男人。他个子并不高，但他十分聪明而且有能力，在魔法师排名中仅次于葛琳达。葛琳达传授法术给他，大法师和女巫是奥兹王国在法律上唯一被认可可以使用法术的两个法术师。他们也只用好的魔法去帮助人民提高生活质量。

大法师其实不是很英俊，但是看起来让人十分舒心。他的光头亮得好像被上过油漆；他的眼睛里总是闪着快乐的光辉，像学校里的学生一样顽皮。多萝西说大法师不像葛琳达那么强大，是因为葛琳达没有教给他所有的魔法，但是大法师对他学到的魔法十分熟练，所以他只用一些很著名的魔法。我所提到的这十位议员聚集在了一起，和稻草人还有葛琳达在奥兹玛的大殿里，晚饭过后，女巫告诉大家关于奥兹玛和多萝西的困境。

"我们当然要去救她们，"她继续说道，"我们越快救出她们，她们就越高兴，我们现在要在这里商议的就是如何解救她们。"

"最简单的方法，"邋遢人说，"就是把沉下去的斯克则人岛屿再升上水面。"

"告诉我怎么升起来呢？"葛琳达问道。

"我不知道，陛下，因为我从来没有升起一座沉没的岛屿。"

"我们可以都潜水下去，然后从下面把它抬起来。"沃格乐巴哥教授建议道。

"但是它靠着湖底的话我们怎么到它的下面去？"女巫问道。

"我们不能扔一捆绳子进去，然后绕着它拎起岛屿？"南瓜头杰克问道。

"为什么不直接把湖里的水抽干呢？"碎布姑娘笑着说。

"别这么搞笑！"葛琳达恳求道，"这是一个十分严肃的问题，我们必须认真地思考。"

"湖多大，岛又多大？"这是青蛙人的问题。

"没人知道，因为我们都没有到过那里。"

"这样的话，"稻草人说，"在我看来，我们需要到斯克则王国去，在那里仔细地研究一下。"

"没错。"铁皮人赞同道。

"我——们——必——须——到——那——里——去。"滴答人用他机械的声音说道。

"问题是我们哪些人过去，去多少？"大法师说。

"我当然要去了。"稻草人说道。

"还有我。"碎片布说。

"我的职责是去保护奥兹玛。"铁皮人说。

"知道我们可爱的公主有危险，我是不可能不去的。"大法

师说。

"我们都这么想。"亨利叔叔说。

最后，所有的人都决定到斯克则人王国去，葛琳达和大法师师作为领队。魔法还是必须用魔法来破解，所以这两位经验丰富的魔法师是这次解救行动成功的保证。

不一会儿，他们都准备好出发，因为大家都没有什么重要的事情去做。杰克戴着一颗新头，稻草人填满了草，滴答人的表芯运转得十分顺畅，而铁皮人总是上好了油。

"这是一段不短的旅程，"葛琳达说，"因为我能用我的飞车迅速地去到斯克则王国，而其他人只能走路过去。但是这次我们必须要待在一起，所以我会把我的战车送回我的城堡里，和大家一起走。明天日出我们就从翡翠城出发。"

第十五章

伟大的女巫

当贝特茜和特洛特听到营救计划的时候,她们恳求大法师也要同行,大法师答应了。玻璃猫听到对话之后也想去,大法师也没有反对。

玻璃猫是奥兹王国最好奇的生物之一。一名叫做皮普特博士的聪明魔法师制造了它并且赋予了它生命,不过他已经不被允许使用魔法,所以他现在只是翡翠城的一个普通公民。这猫浑身都是透明的玻璃做成,从这透明的身体里,人们可以轻易地看到它的红宝石心脏在跳动和头上的粉色大脑在运转。

玻璃猫的眼睛是翡翠做的，它蓬松的尾巴用玻璃织成的，十分美丽。虽然它的红宝石心脏看起来也很漂亮，但它的心是又冷又硬的，所以玻璃猫的性情总是很不高兴。它不屑于抓老鼠，也不需要吃东西，而且十分懒惰。如果你赞美它的美丽，它就会表现得十分友好，因为所有的事情之中，它最喜欢被爱戴。粉色的大脑总是在不停地工作，所以它其实比其他普通的猫要聪明得多。

　　第二天早晨，又有三个人加入了救援大会，大家都在准备着行程所需要的东西。一个叫做明亮纽扣的小男孩，因为大家都记不得他的名字了。他是一个小小的、很有男子汉气概的小家伙，有礼貌，非常幽默。只有一个缺点，他总是会迷路。可以肯定的是，明亮纽扣总是会被找到，但是每次他走丢的时候，他的朋友都忍不住为他焦虑。

　　"有一天，"碎布姑娘预言道，"我们会找不到他，这就是他最终的结局了。"但是这样的结局并不让明亮纽扣更小心，他太粗心了，看来是逃不掉总是迷路的命运了。

　　另外一个加入救援大会的是一个和明亮纽扣差不多大的芒奇金男孩，叫做奥乔。他被叫做"幸运的奥乔"，因为不论他到哪里，好运总是会降临在他身上。他和明亮纽扣是好朋友，即使他们性格不像，但是特洛特和贝特茜都喜欢他们。

第三个加入大搜救的是一头巨大的狮子，它是奥兹玛的常规守卫之一，也是奥兹王国最聪明最重要的野兽。它叫自己胆小狮，因为很小的危险都会让它受到很大的惊吓，而它的心会怦怦跳个不停。但是所有认识它的人都知道，胆小狮是胆怯和勇气并存，因为不管多害怕，它总是鼓起勇气去面对任何遇到的危险。它总是及时救助奥兹玛和多萝西于危难之中，但是事情过后它也会悲鸣、颤抖，还有哭泣，因为它被吓得不轻。

"如果奥兹玛需要帮助的话，我就会去帮助她，"巨大的野兽说，"而且我想，在路上你们会需要我的——特别是特洛特和贝特茜——因为你们可能会经过这个国家一些危险的地方。我很熟识吉利金王国的野外。它的森林里藏着很多可怕的野兽。"

他们很高兴胆小狮要加入他们，带着高扬的情绪，救援小组排成一个队伍然后在人们的欢呼声中走出翡翠城，人民都希望救援小组能成功，他们热爱的统治者会平安无恙地回来。

他们选了一条不同于奥兹玛和多萝西走的路，他们横跨温基王国然后北上向欧咖博走去。但是在到达那里之前，他们向左转进了伟大的吉利金森林，离奥兹王国最近的原始森林。即使是胆小狮都不得不承认在这个森林里，有些地方是它也不知道的，尽管它经常穿梭于森林之中，而伟大的旅行者稻草人和铁皮人，从来都没有来过这里。

　　在沉闷漫长的旅程之后，终于来到了森林，因为在救援小队里，有些队员的腿脚不是很灵活。碎布姑娘轻盈得如同一片羽毛，走起来十分轻快；铁皮人走起来和亨利叔叔还有小巫师一样简单；但是滴答人走得十分慢，即使是路上最小的障碍都会让他停下来，直到他的同伴帮他把障碍清走。而且这样的话，滴答人的机械内芯也会停下来，需要贝特茜和特洛特轮流把他的发条上紧。

　　稻草人更加笨拙，但是不那么烦人。因为虽然他经常被绊倒，但是他可以挣扎着爬起来，只要稍微拍拍他填满稻草的身体，他就可以回到自己原来的样子。

另外一个笨拙的就是南瓜头杰克了，因为走路会让他的头在脖子上转，这样他很有可能就走了相反的方向。但是青蛙人会挽着他的胳膊，这样他就能更容易跟上大家的脚步。

　　不过比尔船长的木头腿倒是没有带来任何麻烦，老水手可以和其他人跑得一样快。

　　当他们进入森林之后，就由胆小狮来带队了。地上并没有给人类走的道路，是野兽们自己踩出来的小路，只有在树丛中锻炼过的狮子的眼睛才能看到。它昂首阔步地在前头找路，其他人都跟在它的身后，葛琳达就在它的背后。

　　当然，在森林里会遇到危险，但是由这头巨大的狮子开路可以让森林里的野生居民们不会打这些旅行者的主意。曾经，有一头巨大的美洲豹扑向玻璃猫，用自己有力的爪子抓住它，当时它

因为啃咬玻璃猫而断了好几颗牙齿，疼痛地哀嚎着，惊讶的它放弃捕食，消失在树丛中。

"你受伤了么？"特洛特焦急地询问玻璃猫。

"蠢蛋！"猫咪用一种不高兴的声音说，"没什么东西能伤到玻璃，我这么坚固是不会轻易碎掉的。但是美洲豹的冒失让我十分不爽。它对于美好和智慧没有一点尊敬。如果它注意到我们美丽粉色脑子的话，它就会明白我如此重要，是不能被抓在一头野兽的爪子里的。"

"别介意，"特洛特安慰道，"我肯定它不会再这么做了。"

当他们几乎走到森林中心的时候，芒奇金男孩奥乔突然说："啊，明亮纽扣去哪里了？"

他们停下来四处寻找，明亮纽扣没有在队伍中。

"天啊，"贝特茜说，"我打赌他又迷路了！"

"奥乔，你最后见到他是什么时候？"葛琳达问。

"有一会儿了，"奥乔说，"他走在队伍的最末尾，用小树枝扔着树上的松鼠。然后我就去和贝特茜还有特洛特说话了，就在那时我发现他不见了。"

"太糟糕了，"大法师说，"这样肯定会让我们的旅程变慢的。在我们继续前行之前必须找到明亮纽扣，因为这座森林里到处都是可怕的野兽，它们会毫不犹豫地把这可怜的男孩撕碎。"

"但是我们该怎么办呢？"稻草人问，"我们之中的任何一个离开队伍去找明亮纽扣的话，都有可能成为野兽的嘴中美食。但是如果狮子离开我们的话，我们就没有了保护者。"

"玻璃猫可以去，"青蛙人建议道，"就像我们知道的那样，野兽是没法伤害它的。"

大法师转向葛琳达。

"你能用巫术来找到明亮纽扣么？"

"我想我可以。"女巫回答。

她叫拿着她魔法盒子的亨利叔叔把盒子递给她。她打开盒子，然后拿出一面小小的圆形镜子，在玻璃上面撒上了一些白色的粉末，用手帕擦去，往镜子里看。镜子立刻显示出森林的一部分，在那里有一棵很大的树，明亮纽扣就在树下睡着了。在他身旁，有一只匍匐的狮子正准备跳起来；另外一边是一只大灰狼，它裸露的獠牙闪着邪恶的光。

"我的上帝！"特洛特看着这一切惊呼道，"它们会抓住他杀了他的。"

大家都聚过来看魔法镜子上发生的事情。

"太糟糕——太糟糕了！"稻草人忧伤地说。

"他要和我们永别了！"比尔船长叹着气说。

"我想他再也回不来了！"青蛙人用紫色的丝绸手帕抹着眼泪说。

"但是他在哪里？我们不能去救他么？"幸运的奥乔说。

"如果我们知道他在哪里的话，我们也许能救他。"大法师说，"但是这棵树看起来和其他的树都一样，我们也不知道离我们是远是近。"

"看葛琳达！"贝特茜说。

葛琳达把镜子递给大法师，走到一边开始用伸出的手臂做出奇怪的姿势，用一种低沉甜美的声音背诵一种神秘的咒语。大部分队员都用一种热切焦急的眼神看着女巫，迫切希望她能救出他们的朋友。而大法师看着镜子里的画面，特洛特、稻草人和邋遢人都从他的肩膀后面凝视着镜子。

他们所看到的东西要比葛琳达的行为更加奇怪。老虎开始跳向男孩，但是突然就失去了力气，软趴趴地平躺在地上。大灰狼似乎也没法从地上抬起自己的爪子。它先抬起一条腿，然后是另外一条，但是它发现自己已经被奇怪的东西钉在了地上，然后它开始后退，并且愤怒地低吼。他们听不到吼叫和咆哮，但是他们可以看到这野兽的嘴巴张开着，厚厚的嘴唇在颤动。而躺在灰狼旁边仅仅只有几英尺的明亮纽扣，听到了愤怒的吼叫声，从原来不受打扰的睡熟中醒来。男孩坐了起来，首先看了看老虎，然后看了看狼。当下他的脸色看起来被吓坏了，但是等到他看到野兽们根本没法靠近他的时候，就站起来仔细地研究它们，脸上还带着淘气的微笑。他故意用脚踢了老虎的头，然后抓住一根掉落的树枝，对着灰狼一阵好打。这两头野兽对于这样的待遇都气疯了，但是没有办法。

明亮纽扣扔掉了树枝，手插在口袋里无忧无虑地走开了。

"现在，"葛琳达说，"让玻璃猫跑去找到他。他就在那个方向。"说着她指向一个方向，"但是有多远我不知道，迅速地去，尽快把他带回来，用尽你的全力。"

玻璃猫不会听从所有人的话，但是它十分害怕伟大的女巫，所以当女巫下了命令之后，这水晶小东西立刻跳起来，很快就消失在大家的视野里。

大法师把镜子归还给葛琳达，因为森林的景象已经从玻璃中消失了。剩下的队员都坐下来等待明亮纽扣的回来。明亮纽扣回

到自己的队友身边并没有花很长时间，但是他用一种生气的语气说：

"再也不要让玻璃猫来找我了。它十分没有礼貌，而且如果不是大家都知道它没有教养的话，我简直感觉它侮辱了我。"

葛琳达严肃地教育了这个男孩。

"你已经给我们带来很多焦虑和担心了，"她说，"还好我的魔法救了你的小命。下次不允许你再迷路了。"

"当然了，"他回答道，"如果我再丢了也不是我的错，更何况这次也不是我的错。"

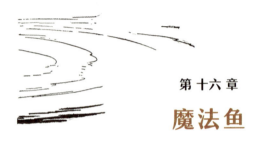

第十六章

魔法鱼

现在必须要告诉你们，当阔厄欧女王被弗拉特赫兹的苏迪克用魔法变成一只钻石天鹅之后，依维柯和其他三个被留在铁船上的斯克则人怎么样了。

这四个斯克则人都是年轻人，他们的领导是依维柯。阔厄欧女王带着他们上船是想让他们在她用自己的银色魔法绳索抓住弗拉特赫兹的首领之后帮助她的。他们完全不知道如何驱动这艘魔法潜艇，所以当他们被留在湖面漂浮的时候，他们不知道该做什么才好。他们没法发动潜艇让它下沉，或者带他们回到沉没的岛屿。船上没有桨或者是风帆，也没有锚可以固定，所以就只好静静地漂在水面上。

钻石天鹅一点也不想关心自己的人民。她游向湖面的另外一端，忽视依维柯和他同伴所有的呼喊和恳求。而他们也没什么好做的，只能静静地坐在船上，耐心等待有人来救他们。

弗拉特赫兹人拒绝帮助他们，回到了自己的山上。而所有的斯克则人都被困在了水下的大穹顶里，他们连自己都没法被救出。当夜幕降临的时候，他们看到钻石天鹅还在努力走向湖的对岸，她已经从水里走出来上了沙滩，摇晃着自己的钻石闪闪的羽毛，然后消失在丛林中，因为她要找到一个过夜的地方休息。

"我饿了。"依维柯说。

"我冷。"另外一个斯克则人说。

"我好累。"第三位说。

"我好害怕。"最后一名说。

但是抱怨对于他们来说没有用。夜幕降临，月亮升起来，把一片银色的光辉洒向水面。

"去睡觉吧，"依维柯对自己的伙伴说，"我会在这里守夜，也许不经意之间我们就会被解救了。"

于是其他三个人在船上躺下迅速睡着了。

依维柯守望着。他靠着船的船舷休息，他的脸靠近月亮照亮

的水面，像做梦一样回忆白天发生的令人震惊的事情，想着大穹顶里的囚犯们会怎样。

突然，一条小小的金鱼把头露出水面，离他的眼睛都不到一英尺远。接着是一条银鱼靠着金鱼露出水面，一会儿之后，一条青铜鱼也在它的伙伴旁边露出了头。这三条鱼排成一排，认真地用明亮的眼睛看着惊讶的斯克则人依维柯的眼睛。

"我们是被阔厄欧女王背叛并被变成鱼的三位大师。"金鱼在这寂静的夜用一种低沉柔软的声音清楚地说道。

"我知道我们女王的背叛，"依维柯说，"我也为你们的不幸而难过。你们后来就一直待在湖里么？"

"是的。"这是它们的回答。

"我……我希望你们过得好……很舒服。"依维柯结结巴巴地说，因为他不知道说什么好。

"我们知道有一天阔厄欧会受到她应得的惩罚，"青铜鱼说，"我们一直在看着，等待这个时机。如果现在你保证会帮助我们、并且诚实和守信用的话，你可以恢复我们原来的样貌，从而救助你和你所有的人民，不受现在危险的威胁。"

"啊，"依维柯说，"你们完全可以依赖我。但是你们知道的，我不是一个巫师，也不是魔法师。"

"我们只要求你遵从我们的指令就可以了，"银鱼回答，"我们知道你是一个诚实的人，你追随阔厄欧那是你被迫的，只是为了不让她发怒惩罚你。你只要跟着我们的命令做，一切都会好起来的。"

"我保证！"年轻人保证道，"告诉我，我首先该怎么做吧。"

"你首先要在船底找到阔厄欧被变形的时候从手里掉下去的银色绳索，"金鱼说，"把这绳索的一头绑在你的船头，然后把另外一端扔下水里。我们三条鱼会一起用力把船拉到岸边。"

依维柯很怀疑这三条小小的鱼怎么能拉动这么沉的船，但是他还是按照鱼说的话做了。鱼把绳子咬在嘴里，然后一起向最近的岸边游过去，就是原来弗拉特赫兹人和阔厄欧战斗的地方。

起初，船根本没有动，尽管鱼用上了它们全部的力气。但是慢慢就有效果了。船开始非常慢地向岸边漂过去，渐渐地越来越

快。距离沙滩还有几码的时候，鱼把绳索放下来，然后游到了另外一边，而船还在继续向前，直到碰到了沙滩。

依维柯向一边斜着身子，然后问道："接下来怎么办？"

"你会在沙滩上发现一个铜容器，"银鱼说，"也就是苏迪克走的时候忘记带走的。在湖水里把它洗干净，因为里面有毒药。把它洗干净之后，用清水注满它，把它放在船边，这样我们三个可以游进这个壶里。然后我们会继续告诉你该怎么办。"

"那么你们是希望我抓住你们咯？"依维柯惊讶地问。

"是的。"这就是鱼们的回答。

于是依维柯跳出船，找到了这个铜壶，带着它走到沙滩边上，把它洗干净，把里面可能带着毒药的每一粒沙子都洗掉。然后他回到了船上。

依维柯的同伴们还在熟睡，一点都不知道发生的关于三条鱼的事情和他们即将遇到的奇怪事情。依维柯把铜壶浸入水里，紧紧地抓住手柄，直到全部在水下。金银铜三条鱼迅速地游进了铜壶。年轻的斯克则人就把铜壶提了起来，倒出一点水，这样就不会洒得到处都是，然后对鱼说："之后呢？"

"带着铜壶到岸边。沿着岸边向东走一百步，你就可以看到草地上的一条小路，上山下谷。沿着路走，直到你来到一个刷着紫色油漆、用白色油漆点缀的农舍。当在门口停下来的时候，我

们会告诉你接下来怎么做。但是首先要很小心，不能被绊倒把水从壶里洒出来，或者把我们给弄死了，这样你做的所有事情都会前功尽弃。"

金鱼说出了这些命令，依维柯保证会小心，就开始执行。他离开了自己还在船里熟睡的同伴，小心地跨过他们的身体，在岸上准确地向东走了一百步。然后他开始找寻小路，月光十分明亮，所以他很容易就找到了，尽管这条小路被长长的草丛掩盖着，只有走到面前才能发现。这条小路看起来非常窄，感觉几乎没什么人走，但是它还是很好认的，所以依维柯很容易就顺着路走了下去。他穿过一大片草地，翻过一座小山，穿过一座山谷，上了山下了谷。

看起来依维柯走了好几英里。确实，直到月亮降下去，黎明开始到来的时候，他才在路边发现了一座精致的农舍，刷着紫色的漆，白色点缀。这是一座孤独的农舍——附近都没有其他的建筑，土地也完全都没有被开垦过。肯定没有农夫住在附近。谁会想在这么一个与世隔绝的地方定居呢?

但是依维柯的脑袋里可没有这么多问题。他来到农舍的门前，小心翼翼地把铜壶放在地上，然后弯下腰来问道:

"下面怎么做?"

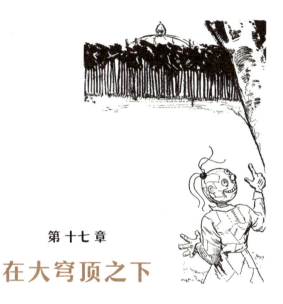

第十七章

在大穹顶之下

　　当伟大的葛琳达和她的救援小分队追随者们来到弗拉特赫兹人的魔法山附近时，它就在他们视线的左边，因为他们从大森林里走的路也是奥兹玛和多萝西走的路。

　　他们停下来一小会儿，来决定他们是先去找最高独裁者苏迪克呢，还是先去湖里找斯克则人。

　　"如果我们去到山上的话，"大法师说，"我们可能会因为那邪恶的苏迪克陷入麻烦，这样我们去救援奥兹玛和多萝西就会被延误了。所以我觉得我们最好的计划就是先去斯克则王国，把沉没的岛屿抬上来，救出我们的朋友和被囚禁的斯克则人民。然后我们可以再回来拜访这座山，惩罚这残忍的弗拉特赫兹魔法师。"

"这很合理，"邋遢人同意道，"我非常赞同。"

其他人也认为大法师的计划是最好的计划，而葛琳达本人也赞同，于是他们就向着斯克则人湖的棕榈树走过去。

很快他们就来到了棕榈树面前。这些树种得十分密集，树枝都长到了地面上，如此紧密以至于身材娇小的玻璃猫都很难找到一个地方挤进去。而弗拉特赫兹人的小路还在很远的地方。

"那么现在铁皮人就有活儿干了。"稻草人说。

于是很高兴被需要的铁皮人，开始用他随身携带着的锋利闪光的斧头，在令人惊讶的短暂时间里砍出了让所有人都能轻松通过的道路。

现在，美丽的湖水就在他们的眼前，仔细看，他们都可以看见湖水里沉没岛屿的大穹顶轮廓，就在水的正中央。

当然最初每只眼睛都是看着大穹顶的，奥兹玛、多萝西和斯克则人民还在里面当着囚犯。但是马上他们的视线被另外一个东西给吸引住了，因为在他们的眼前正游着一只钻石天鹅。她长长的脖子骄傲地伸着，紫水晶眼睛闪着光，钻石闪闪的羽毛在太阳光的照射下熠熠生辉。

"她，"葛琳达说，"就是阔厄欧女王被变化后的样子，就是那个邪恶残忍地背叛了三位魔法大师、还把自己的人民当做奴隶的邪恶女巫。"

"她现在十分美丽。"青蛙人说。

"这看起来都不像是一种惩罚，"特洛特说，"弗拉特赫兹的苏迪克应该把她变成一只癞蛤蟆。"

"我很肯定阔厄欧已经受到了惩罚。"葛琳达说，"因为她失去了自己所有的魔法和宫殿，再也不能统治可怜的斯克则人了。"

"让我们问问她有什么要说的。"大法师建议道。

于是葛琳达召唤钻石天鹅过来，天鹅十分优雅地游到了大家的面前。在任何人说话之前，阔厄欧开口用一种十分刺耳的声音——因为天鹅的声音就是这么尖利难听——骄傲地说：

"仰慕我吧，陌生人们！仰慕人人爱的阔厄欧，奥兹王国里最美丽的生物！仰慕我吧！"

"你确实是很美丽，"稻草人说，"但是你的行为人人爱么，阔厄欧？"

"行为？天鹅除了到处游来游去给观赏者带来快乐之外，还能做什么呢？"闪闪发亮的鸟儿回答。

"你难道忘记了你以前的生活？忘记你的魔法和魔法器具了么？"大法师问。

"魔法——魔法器具？呸，谁关心那些个蠢东西？"阔厄欧回答，"对于我以前的生活，就像一场不愉快的梦。就算可以，我也不会愿意回去的。你难道不仰慕我的美貌么，陌生人？"

"告诉我们，阔厄欧，"葛琳达严肃地问，"如果你能记得你的魔法，让我们能够把沉没的岛屿升出水面。如果你告诉我们，我就给你一串可以戴在脖子上增加美貌的珍珠项链。"

"没有什么东西可以再增加我的美貌了，因为我已经是全世界最美的生物了。"

"但是我们该怎么把沉没岛屿升上水面？"

"我不知道也不关心。如果我曾经知道现在也忘记了，我也很高兴我忘记了。"这就是天鹅的回答，"你们就看着我转圈游泳，看着我发光就好了！"

"没用，"明亮纽扣说，"老天鹅只爱它自己，其他什么都不关心。"

"事实就是如此，"贝特茜叹气说，"但是我们无论如何都要把奥兹玛和多萝西救出来。"

"那我们只有用自己的方法来做了。"稻草人补充道。

"但是怎么做呢？"亨利叔叔严肃地说，因为他都不能想象他亲爱的侄女多萝西被困在水下面，"我们该怎么办呢？"

"让葛林达来想办法。"大法师建议道，他也意识到自己没有什么办法。

"如果我们面对的只是一个普通沉下去的岛屿，"强大的女巫师说，"我有好几种办法把它弄出来。但是这是一座魔法岛屿，是一种由神秘的巫术控制、除了阔厄欧女王就没有人知道的神奇法术。我是不会绝望的，但是我需要深入学习研究来解决这个困难。如果天鹅可以记得她自己发明出来的法术，我倒是可以强迫她说出这些秘密，但是她现在把以前学的东西都给忘记了。"

"依我看来，"一阵短暂的沉默之后，大法师接着葛琳达的话说道，"河里有三条原来是大魔法师而后来被阔厄欧偷走魔法变成鱼的鱼。如果我们能找到这些鱼，然后把它们变回原来的样子，我们肯定可以知道如何把潜入水底的小岛弄上来的方法。"

"我想过这些鱼了，"葛琳达说，"但是在湖里成千上万条鱼里面，我们怎么把它们区分出来呢？"

当然了，如果葛琳达在自己的城堡里的话，她就会看到伟大的记录书上写着，斯克则人依维柯已经带着金银铜三条鱼上了岸。但是这些行为是葛琳达出发之后写在书上的，所以她还不知道发生了这些事情。

"我看到了岸边有条船，"芒奇金男孩奥乔指着岸边的一个地方说，"如果我们到那条船里，然后划到湖中，向魔法鱼喊话，也许我们就能找到它们。"

"让我们到船那里去。"大法师说。

他们沿着湖走到搁浅在沙滩上的船那里，却发现船是空着的。它是一种用黑色钢铁制造的盒子，有着防止水进入的顶，但是现在这些顶开在这魔法潜艇的两端。没有桨也没有风帆，更没有机器能让这条船向前。葛琳达立刻明白这条船是用魔法推进的，但她不知道怎么用那种魔法。

"然而，"她说道，"这船几乎不是船，我相信这是遵守魔法指令的魔法物体。我想想它的原理，应该可以让它带着我们去想去的地方。"

"不过不是全部的我们，"大法师说，"因为这船装不下所有的我们。但是，尊敬的女巫，就算你能让这船动起来，对我们来说又有什么用呢？"

"我们可不可以用这条船来抓住那三条鱼？"明亮纽扣问道。

"要完成这个目标的话不需要这么做，"葛琳达回答道，"不管魔法鱼在湖的哪里，它们都会回应我的召唤。我现在想搞明白的是，这船是怎么来到这岸边的，因为它所属于的岛屿还沉在水的那边。阔厄欧是在岛屿沉下以前还是以后用这条船来见弗拉特赫兹人的呢？"

　　没有人能够回答这个问题，但是当他们在沉思的时候，有三个年轻人从树丛里走了出来，并胆小地向陌生人鞠躬打了招呼。

　　"你们是谁？来自哪里？"大法师问道。

　　"我们是斯克则人，"其中一个回答道，"我们的家就在魔法岛屿上。当你们过来的时候我们藏起来了，因为我们不知道你们是好人还是坏人，但我们觉得你们看上去很友好，就出来见见你们，因为我们现在陷入很大的麻烦，需要人的帮助。"

"如果你们是属于岛上的，现在怎么又会在这里呢？"葛琳达问。

于是他们告诉了她全部的故事：女王是如何蔑视弗拉特赫兹人，如何把整个岛屿沉下湖面，这样她的敌人就没法过来摧毁它；当弗拉特赫兹人来到岸边的时候，阔厄欧又是如何命令他们和他们的朋友依维柯一起和她来到潜艇里征服苏迪克，而这潜艇是如何从沉没岛屿的地下室射出来，通过一个魔法单词升上水面，然后打开舱门漂浮在水面上。

然后就是苏迪克如何把阔厄欧变成一只天鹅，随后她就忘记了她所拥有的魔法。年轻人告诉他们，在一个他们睡着的夜晚，他们的同伴依维柯像谜一样地失踪了，而船以一种奇怪的形式漂到了岸边，搁浅在沙滩上。

这就是他们所知道的全部事情。他们用了三天时间搜寻依维柯，但是没有找到。而他们的岛屿沉没在水下，他们三个斯克则人没有地方可以回去，所以只好耐心地在船边等待。

在葛琳达和大法师的问询下，他们说出了他们所有知道的关于奥兹玛和多萝西的事情，并且声称两个女孩在奥瑞克斯女士的照顾下一定十分安全，因为以前反对她们的女王阔厄欧已经没法再构成威胁了。

当他们从这些斯克则人身上收集了所有能得到的信息之后，

大法师对葛琳达说：

"如果你能够让这条船听你的魔法命令的话，可以让它回到岛上，下沉，然后回到它出发的那个地下室。但是我不觉得我们回到沉没的岛屿上可以解救我们的朋友。也许我们会和她们一起成为岛屿的囚犯。"

"不是这样的，我的法师朋友，"葛琳达回答道，"如果船可以听从我的命令回到地下室的话，它也就会听从我的命令再出来，这样我们就可以把奥兹玛和多萝西带回来了。"

"然后把我们可怜的斯克则人民留在那里么？"其中一名斯克则年轻人责备地说。

"只要多来回几趟，葛琳达就可以把所有的人民带回到岸上了。"大法师回答。

"但是之后他们怎么办呢？"另外一个斯克则年轻人问道，"他们就没有家了，也没有其他地方好去，就只能恳求自己的敌人弗拉特赫兹人手下留情了。"

"这倒是真的，"伟大的葛琳达说，"而这些人民也是奥兹玛的臣民，我想她是不会抛弃这些人和多萝西一起逃命的。她也不会让这些斯克则人离开自己法定的家园。我想最好的方法还是召唤这三条魔法鱼，然后从它们那里学到如何把岛屿升出水面的方法。"

大法师觉得这是个相当绝望的办法。

"你怎么召唤它们呢,"他问受人爱戴的女巫,"你怎样才能让它们听见你的召唤呢?"

"这就是我需要好好想想的事情了,"葛琳达回答道,并微笑着,"我会想到一个办法的。"

所有的奥兹玛议会议员都赞同这个看法,因为他们相信女巫的实力。

"很好,"巫师同意道,"召唤它们吧,伟大的葛琳达!"

第十八章

依维柯的聪明才智

我们现在来看看斯克则人依维柯怎样了。他已经把装着三条魔法鱼的铜壶放在的孤独的农舍面前，然后问道："接着呢？"

金鱼把自己的头浮出水面，小声但是清楚地说：

"你要去抬起门锁，打开门，勇敢地走进农舍。不要害怕你看见的任何东西，因为你看到的威胁是不可能伤害到你的。这座农舍是一个强大的变形师的家，她叫红色的瑞拉，她可以变化一切东西，有时候一天变化好几次，根据她的心情而定。她的真实面目没有人知道。这个奇怪的人是不会被珍宝收买的，她也不会为了友谊而敞开心扉，同情对于她来说也不值一提。据我们所知，她从来没有帮助过任何人，也没有伤害过任何人。她所有的特殊能力就是用来娱乐自己。她会让你滚出房子，但是你一定不要答应。待在那里，跟紧瑞拉，仔细观察她是用什么方式来完成变形的。如果你能知道她变形的秘密并且偷偷地告诉我们的话，我们就告诉你接下来怎么做。"

"这听起来很简单，"依维柯仔细地听完说，"但是你确定她不会伤害我，或者把我也变形了？"

"她也许会把你也变形了，"金鱼说，"但是不要担心这个，因为我们可以轻易地破解那个魔法。你要确信没有什么会伤害到你，所以你看到什么都不要害怕。"

现在依维柯如同普通年轻男人一样勇敢，而且他知道这些魔法鱼对他说的话都是真的，鱼儿们是值得信赖的，但是他在捡起铜壶然后靠近农舍的门口的时候还是内心一沉。他抬起门锁时手都在发抖，但是他还是坚决地做了该做的事情。他推开门，大步走了三步来到了农舍的中央，然后静静地站在那里看着四周的景象。

他所看到的景象够吓傻任何一个没有提前做好准备的人。在依维柯面前的地板上躺着一只大鳄鱼，它的眼睛里闪着邪恶的光芒，张开的嘴巴里是一排尖利的牙齿。

满身包的癞蛤蟆到处跳来跳去；房间的四角上张着硕大的蜘

蛛网，中间坐着一个大如洗脸盆的蜘蛛，武装着像钳子一样的爪子；一只红色和绿色的蜥蜴全身心地趴在窗台上，而黑色的老鼠在农舍的地板上啃出来的洞里进进出出。

但是最令人惊奇的是坐在一条板凳上织衣服的一只巨大的灰猩猩。它戴着一顶蕾丝的帽子，就像老女人戴的那种，穿着一件蕾丝的小围裙，然后就没有其他的衣服了。猩猩就像一个普通人那样活动着，当依维柯进来的时候，它停止了织衣服然后抬起头看着他。

"滚出去！"从猩猩嘴里发出一声尖锐的声音。

依维柯看到就在他身旁有一条空着的板凳，于是跨过鳄鱼，坐在板凳上，把铜壶放在自己身边。

"出去！"声音再次说道。

依维柯摇了摇头。

"不，"他说，"我要留下来。"

蜘蛛们离开了墙角，跳到地板上，冲向这个年轻的斯克则人，绕着他的腿画圈圈，伸着它们的大钳子。依维柯没有看它们。一只巨大的黑老鼠跑到依维柯身上，绕过他的肩膀，朝他的耳朵尖叫，但是他没有动摇。红色和绿色的蜥蜴从窗台上下来，靠近依维柯向他吐出火焰，依维柯还是像没有看那个小东西一样，火焰也没有碰到他。

鳄鱼竖起了自己的尾巴，摇摆着一击把依维柯从板凳上打了下来。斯克则人把差点碰翻的铜壶扶正，然后自己站了起来，把正在他身上爬的癞蛤蟆摇下来，继续坐在板凳上。

　　所有这些动物第一次攻击之后就待着不动了，好似在等命令。大灰猩猩继续织衣服，也不看依维柯，年轻的斯克则人就这么继续稳稳地坐着。他希望还有些什么发生，但是什么都没发生。整整一小时过去了，依维柯开始有些紧张了。

　　"你想要什么？"猩猩最终问道。

　　"什么都不要。"依维柯说。

　　"你肯定有什么想要的。"猩猩说，这时屋子里奇怪的动物们都爆发出一阵笑声。

　　然后又是漫长的等待。

　　"你知道我是谁么？"猩猩问。

　　"你一定是伟大的变形师——红色的瑞拉。"依维柯回答道。

　　"你知道的不少，你一定也知道我不喜欢陌生人。你来到我家让我很讨厌。你难道不怕我发火么？"

　　"不。"年轻人说。

　　"你要不要听我的话离开这间房子？"

　　"不。"依维柯还是这样回答。

　　猩猩在下次谈话之前又织了很长时间的衣服。

"好奇心，"它说道，"会导致一个人的灭亡。我想你通过某些方法知道我会一些魔法，所以因为好奇就来找我了。你也许被告知我是不会伤害任何人的，所以你就敢违抗我让你走的命令。你觉得你可以看到我施展魔法的一些过程，这些过程也许会让你开心。我说的对么？"

"嗯，"依维柯身处在这样奇怪的环境中思考着说，"在某些方面你说对，但是有些不对。别人告诉我你只为了自己的乐趣而施展魔法。这样看起来十分自私啊。很少有人会魔法，我还知道你是奥兹王国唯一的变形师。你为什么不像娱乐自己一样也娱乐大家呢？"

"你有什么资格来问我这个问题？"

"没有。"

"而且你敢说你来这里不是求我帮忙的？"

"对于我自己来说，真没有。"

"你这样很明智，我从来不帮助别人。"

"这与我也没什么关系。"依维柯说。

"但是你不是好奇么？你想见识我的一些法术？"

"如果你想展示的话，请。"依维柯说，"也许会让我感兴趣，也许不会。如果你只是想继续织衣服的话，对我来说也是一样的。我一点也不着急。"

这让红色瑞拉十分迷惑，但是蕾丝帽子下面的脸上还是没有表情，因为被头发盖住了。也许在她成为变形师的生活中从来没有过这样一个年轻人，什么也不要，什么也不期望，除了好奇什么都没有。这样的态度让她觉得没有威胁，所以她开始以一种稍微友好的方式来对待他。她织了一会儿衣服，看起来在沉思，然后她站起身来，走到一个靠着墙壁的大碗橱前。当碗橱的门打开的时候，依维柯可以看到里面有很多抽屉。瑞拉把一只毛茸茸的手放进了其中一个抽屉——倒数第二个抽屉。

　　直到现在依维柯才看全了猩猩的样貌，但是突然，背对着他的猩猩突然站直了，离开了碗橱的抽屉。猩猩变成了一个女人，穿着漂亮的吉利金服装，当她转过身来的时候，她是一个年轻的女人，长得十分迷人。

　　"你是不是更喜欢这样子的我？"瑞拉微笑着问。

　　"你看起更好看了，"他平静地说，"但是不知道我是不是更喜欢。"

　　她笑着说："在白天的温度下，我喜欢变成猩猩，因为猩猩不需要穿很多衣服。但是当有绅士来访的时候，我想还是打扮一下比较好。"

　　依维柯发现她的右手握着拳，好像手里拿着什么东西。关上碗橱，她摸了一下鳄鱼，鳄鱼一下子就变成了一只红色的狼，没

有比以前更好看，而这只狼像条狗一样趴在女主人的脚边。它的牙齿看起来和鳄鱼一样危险。

接下来变形师摸了蜥蜴和癞蛤蟆，它们就变成了猫咪。老鼠被变成了花栗鼠。房间里唯一没有变形的就是四只大蜘蛛了，它们已经把自己隐藏在了大网背后。

"这样!"瑞拉说，"我的农舍看起来更舒服了。我喜欢癞蛤蟆、蜥蜴还有老鼠，因为大多数人讨厌它们，但是我长时间看着它们也会厌倦。所以有时候一天我会变化它们十二次。"

"你真聪明，"依维柯说，"我都没有听见你念咒语或者是魔法单词。你只需要摸摸它们。"

"哦，你是这么认为的?"她回答道。"那么如果你乐意的话，你来摸摸它们，看它们会不会变形。"

"不，"斯克则人说，"我不了解魔法，而且我也不会尝试去学你的技能。你是一个伟大的变形师，而我只是一个普通的斯克则人。"

这样的坦白让瑞拉十分高兴，因为她喜欢她的法术被人称赞。

"你现在可以走了吗?"她问道，"我想一个人待着。"

"我想待在这里。"依维柯说。

"在一个别人并不欢迎你的地方?"

"是的。"

"你的好奇心还没有被满足吗？"瑞拉微笑着问。

"我不知道，你还有什么能变的么？"

"很多东西。但是我为什么要把我的技能展示给一个陌生人看？"

"我想不到原因。"他回答。

"你说你不想得到我的能力，你也很笨偷不走我的秘密。这又不是很美的农舍，外面有太阳、宽阔的草地和美丽的野花。而你还是坚持坐在这里，用你不请自来的行为惹我厌烦。你那个壶里装的是什么？"

"三条鱼。"他回答。

"你从哪里得来的鱼？"

"我从斯克则人的湖里抓来的。"

"你打算把这鱼做什么？"

"我要把这些鱼带给我有三个孩子的朋友家里去。孩子们会喜欢把鱼做宠物的。"

她从凳子那里走过来看着壶里，三条鱼静静地在里面游着。

"它们很漂亮，"瑞拉说，"让我把它们变成其他什么东西。"

"不。"斯克则人反对道。

"我喜欢变化东西，很有趣。我还从来没有变化过鱼呢。"

"让它们就这么待着。"依维柯说。

"你希望我把它们变成什么样子？我可以让它们变成乌龟，或者是可爱的小海马；我可以把它们变成小猪仔、兔子，或者是豚鼠；再或者，如果你喜欢我可以把它们变成小鸡、老鹰，或者是冠蓝鸦。"

"我说了别碰它们！"依维柯重复道。

"你真是一个讨厌的拜访者。"瑞拉大笑道，"人们说我是脾气暴躁、易怒，而且不喜欢交际，他们非常对。如果你过来恳求我帮忙，还害怕我的变形术的话，我恐怕会骂到你离开；但是你和其他人很不一样。你也不喜欢交际、易怒和令人讨厌，所以我喜欢你，而且忍受了你的暴躁。马上就是我吃午饭的时间了，你饿不饿啊？"

"不饿。"依维柯说，即使他真的很想吃东西。

"我饿了。"瑞拉说道，然后拍了拍自己的手。立刻一张桌子就出现了，上面铺着棉麻的桌布和很多盘食物，有的还冒着热气。在桌子的两端摆着两副餐具，在瑞拉坐下来进餐的时候，她的那些宠物立刻都围绕了过来，看来它们都习惯了在她吃饭的时候被喂食。狼蹲在她的右手边，而猫咪和花栗鼠则聚在她的左手边。

"过来，陌生人，坐下来吃点吧，"她高兴地说，"当我们一起吃饭的时候，我们可以聊一聊把你的鱼怎么变形。"

"它们这样就挺好的。"依维柯坚持着，边说边把椅子向桌子拖过去，"鱼很漂亮——一条金色，一条银色，一条青铜色。这世界上没有什么比鱼更漂亮的了。"

"什么呀！这么说我不更可爱么？"瑞拉边微笑着边盯着他严肃的脸说道。

"我不反对你的观点——因为你作为一个变形师，你懂的。"他说道，胃口大开地吃着桌上的食物。

"那你不认为漂亮的女孩比鱼更可爱，不管这鱼多美丽么？"

"嗯，"依维柯回答，想了一下子，"也许吧。如果你把这三条鱼变成三个女孩——而且是会魔法的大师，你知道她们就可能像鱼一样让我高兴。不过你肯定不会这么做的，因为你做不到，即使用到你全部的能力。而且，你就算你能这么做，我也担心造成的麻烦会让我难以承受。她们不会再是我的奴隶——特别是如果她们成为魔法大师的话——这样他们就会让我听从她们的指令了。求你了，瑞拉小姐，不要把鱼变成女孩。"

斯克则人在这种情况下发挥了自己所有的才智。他明白如果他表现出很焦急地想要变形的话，变形师是不会做的，况且他还提议必须把它们变成魔法大师。

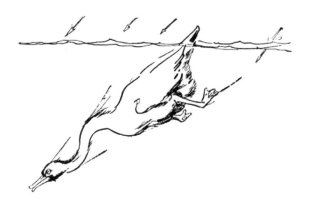

第十九章

变形师红色瑞拉

大家都吃完饭，瑞拉也喂完自己的宠物——包括从网上下来吃饭的巨型蜘蛛，她让桌子从农舍里消失了。

"我希望我把你的鱼变了之后你会高兴。"她说道，一边又开始织毛衣。

斯克则人没有回答，他认为操之过急不好。整个下午他们都没有说话，保持沉默。一次，瑞拉像以前那样跑到碗橱那里，然后把手伸进同一个抽屉里之后，她碰了碰自己的狼把它变成了一只羽毛五颜六色的鸟儿。这只鸟儿比一只鹦鹉要大，但是模样不一样，而且依维柯从来都没见过这样的鸟儿。

"唱歌！"瑞拉对这只停在一根大木桩上的鸟儿说——就好像它以前就在农舍里出现过，而且知道该怎么做。

鸟儿开始对着他们唱起十分欢乐的歌曲——就像一个曾经被仔细训练过的歌唱家。歌曲十分美妙，依维柯听着十分舒服。一个小时左右，鸟儿停止了歌唱，然后把头埋在自己的翅膀里睡着了。瑞拉继续织着毛衣，但是看起来还在深思。

现在依维柯已经很仔细地观察了碗橱里的抽屉，并得出结论，瑞拉是从里面拿出一些东西，这些东西可以让她用来变形。他想着如果他能够留在这间农舍里，然后在抽屉里拿到一点不管是什么的药水，然后把这药水滴到铜壶里的三条鱼身上，就能把它们变回原来的模样。他在变形师放下在织的毛衣走到门口的时候，仔细地思考着如何实行这个计划。

"我要去外面一会儿，"她说，"你想要跟我一起出去，还是留在这里？"

依维柯没有回答，而是依然静静地坐在板凳上。于是瑞拉走出去，关上了农舍的门。

她走了之后，依维柯立刻站起来，踮着脚尖来到碗橱面前。

"小心！小心！"从猫咪和花栗鼠那里传来几声叫声，"如果你碰了任何东西，我们都会告诉变形师的！"

依维柯犹豫了一会儿，想起来如果他能成功让这些鱼变形的话，他就不需要考虑瑞拉的怒火。就在他要伸手打开碗橱的时候，他听到了鱼的声音，它们从水壶里探出头到水面上大声喊道"过来，依维柯！"

于是他回到水壶的边上弯腰看。

"别碰那个碗橱。"金鱼严肃地对他说，"你不可能成功地使用那种魔力的，因为只有变形师才知道应该怎么做。最好的方法是让她把我们变成三个女孩。因为我们如果有了原来的样子，我们就能使用我们原来的魔法了。你用了最实用的方法。我们都不知道你原来这么聪明，瑞拉这么容易就被你骗了。就像你开始那样继续下去，试着让她变化我们。但是记得一定要变成女孩的模样。"

就在瑞拉回到农舍的时候，金鱼把自己的头埋进了水里。瑞拉看到依维柯弯腰看着水面，于是走了过来。

"你的鱼会讲话么？"她问道。

"有时候，"他回答道，"因为奥兹王国所有的鱼都知道怎么说话。刚才它们在问我要些面包吃，它们饿了。"

"好的，它们可以吃点面包，"瑞拉说，"但是现在几乎是晚餐时间了，如果你同意我把这三条鱼变成女孩的话，它们就可以加入我们的晚餐，一起坐在桌边享受充足的食物而不是只吃点面包屑了。你为什么不让我变化它们呢？"

"呃，"依维柯说，好像在犹豫的样子，"你去问这些鱼。如果它们高兴的话，那么……那么，我就考虑一下。"

瑞拉弯腰看向水面然后问道：

"小鱼儿们，能听见我说话么？"

三条鱼都把头扬出水面。

"我们能听见。"青铜鱼说。

"我想把你们变形，就比如兔子、乌龟或者女孩什么的；但是你们的主人、斯克则人不希望我这么做。他说如果你们开心的话他就同意。"

"我们想变成女孩。"银鱼说。

"不，不！"依维柯叫道。

"如果你保证把我们变成三个漂亮的女孩的话，我们就会高兴。"金鱼说。

"不，不要！"依维柯再次说道。

"而且让我们成为魔法大师。"青铜鱼补充道。

"我不知道这是什么意思，"瑞拉沉思着回答，"但是魔法大师是没有变形师厉害的，所以我可以把这个条件加进去。"

"我们不会试图去伤害你的，或者用任何方式干扰你的魔法。"金鱼保证道，"相反，我们可以成为朋友。"

"你们会同意，只要我要求的话，你们无论何时都会离开，让我一个人待在农舍里么?"瑞拉问道。

"我们保证。"三条鱼喊道。

"别这么做!别同意它们!"依维柯要求道。

"它们已经同意了。"变形师大笑着说,"而且你答应遵守它们的决定。所以,我的斯克则朋友,我要开始变化了,不管你喜欢不喜欢。"

依维柯坐回板凳上,神色十分难过,但是心里非常高兴。瑞拉走到碗橱边上,从抽屉里拿出什么东西,然后走到铜壶旁边。她右手紧紧地拿着东西,左手拿起铜壶,从里面捞出三条鱼,仔细地把它们摆在了地上,鱼儿因为离开了水开始痛苦地挣扎喘息着。

瑞拉没有让鱼再经受更多的痛苦,因为她用右手摸了每条鱼,它们立马被变成了三个瘦高的年轻女孩,有着美丽智慧的脸庞和紧身漂亮的衣服。曾经是金鱼的女孩有着一头金色的长发、蓝色的眼睛和极为白皙的皮肤;曾经是青铜鱼的女孩有着深棕色的头发和明亮的灰色眼睛,皮肤十分配她的精致五官。而银鱼女孩有着一头雪白的头发和深棕色的眼睛。头发十分般配她粉红的脸颊和红宝石般美丽的嘴唇,她看起来和她的两个同伴一样大。

当她们都变回自己女孩的模样后,三个人向变形师鞠躬,然后说:

"谢谢你,瑞拉。"

接着她们转向斯克则人鞠躬，说道：

"谢谢你，依维柯。"

"很好！"变形师喊道，挑剔地赞叹着自己的杰作，"你们比鱼更漂亮更有趣，这个没礼貌的斯克则人可没有让我做这次变形，你们没什么好谢他的。现在我们一起享受晚餐吧。"

她把手拍在一起，装满食物的一张桌子又出现在了农舍里。这次是一张长一点的桌子，加上了三位女孩的位置。

"坐下来吧，朋友，吃点东西。"变形师说道，但是她没有坐到桌子的主位上，而是走到了碗橱跟前，对魔法大师们说："你们的美丽和优雅，我漂亮的朋友，让我都逊色了。所以我决定在我参加的这次晚宴上用一种合适的样貌出现，为了尊重这种场合，我要恢复我自己原来的样貌。"

她结束这番话的时候就立刻变成了一个和三个大师一样可爱的女孩。她没有她们那么高，但是模样更漂亮，衣服更华丽，围着宝石的腰带，戴着闪亮的珍珠项链。她的头发是闪亮的红色，眼睛又大又黑。

"这就是你原来的样子？"依维柯问变形师。

"是的，"她回答道，"这就是我应该拥有的真实样子。但是我很少变成这样，因为在这里也没有人会欣赏我的美丽，而我自己又看腻了。"

"我现在知道为什么你叫做红色的瑞拉了。"依维柯说。

"是因为我的红色头发，"她微笑着解释，"我倒不在乎头发是不是红色，所以我经常用其他的样子示人。"

"很漂亮，"年轻人说，然后记起身边还有其他的女孩，他补充道，"当然了，不是所有的女人都应该有红色的头发，这样就太普通了。金色、银色和棕色的头发都是一样美丽的。"

四个女孩之间的欢笑让可怜的斯克则人觉得有些尴尬，于是他只好沉默地吃着自己的晚餐，让其他人来说话。三位魔法大师诚恳地告诉了瑞拉她们是谁，如何被变成鱼，以及她们是怎样秘密计划让变形师把她们变回原来的样子。她们承认，她们害怕如果直接要求瑞拉帮助的话，瑞拉会拒绝她们。

"你们是对的，"变形师说，"我立下了规矩，就是从不用魔法来帮助其他人，如果我帮助了他们的话，他们就总会到我房门口要求我的帮助，我讨厌人群，只喜欢一个人待着。"

"不过，既然你们已经变成了你们原来的样子，我就不后悔我这样做，我也希望你们可以帮助斯克则人把他们沉下的岛屿升到水面上。但是你们必须保证你们走了之后再也不会回来，而且也不许告诉任何人我为你们所做的一切。"

三个大师和依维柯拜谢了变形师。他们保证记得她的要求，再也不回到这里，就开始了回程。

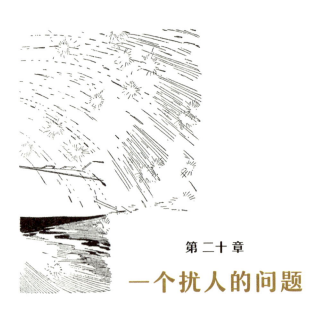

第二十章
一个扰人的问题

伟大的葛琳达决定在这被遗弃的潜艇上施展自己的魔法，这样也许能让它听从她的指令，她让所有救援队员包括斯克则人，退到湖边的棕榈树那里。她只留下了奥兹的大法师，因为他是她的徒弟，知道如何在魔法进展中帮助她。当他们两个单独在搁浅的船旁的时候，葛琳达对巫师说：

"我会用我的1163号魔法配方，它是可以让无生命的东西听从我的指令移动的魔法。你带着你的炼药锅了么？"

"带了，我总是放在包里。"大法师回答。他打开装着魔法器

具的黑色袋子，拿出一个打磨得光滑的炼药锅，递给了女巫。葛琳达也带着一个小小的巫术袋子，里面有各种用来施展巫术的东西，她从这里面拿出一袋粉末和一小瓶液体。她把液体倒进炼药锅里然后加入了粉末，炼药锅立刻开始发出噼啪声，然后发出紫罗兰色的火花，到处喷溅。女巫马上走进船的中央举起炼药锅，这样火花就溅在她的身边，盖住了整个黑色钢铁船。同时葛琳达用巫师的语言发出一种奇怪的咒语，她的声音很低但是像唱歌一样。

一会儿之后，紫色的火花就停止了四处飞溅，而那些掉在船上的火花也消失了，没有在船上留下任何痕迹。仪式结束后，葛琳达把炼药锅还给大法师，大法师把它放回了自己的包里。

"这样就会好的。"他自信地说。

"让我们试试看。"她回复道。

于是他们进入潜艇坐了下来。

女巫用一种命令的口吻指挥着船："带我们穿过湖面，到另外一边去。"

船立刻从沙滩上掉头，飞速地从水面划过。

"太好了，真是太好了！"大法师喊道，船正好到了对面的岸上。

"就算是阔厄欧，用尽她全部的魔力，也没办法做到更好了。"

女巫现在对着船说："关上门，潜入水里带我们到沉没岛屿的地下室大门那里去——就是你遵从阔厄欧女王的命令而来的那里。"

船听从了命令。就在它沉入水里的时候，两边的装置升了起来，在葛琳达和大法师的头上合为一体，这样他们就在一个防水的装置里了。在船的四面有着四扇玻璃窗户，里面的乘客可以看到他们在向哪里前行。但是在水里行驶要比在水面上慢多了，潜艇逐渐靠近岛屿，用船头抵着大穹顶下面地下室的大理石大门。大门紧闭，很明显，女巫和大法师都没有办法打开这扇大门，除非他们能说出那个魔法单词或者在岛屿地下室里面的人说出这个单词。但是这个魔法单词是什么呢？他们都不知道。

"我怕，"大法师后悔地说，"我们还是没法进去。除非你的魔力能够知道开启这扇大理石门的魔法单词。"

"这可能是只有阔厄欧才知道的单词。"女巫说，"我也许能找出来是什么，但是需要时间，让我们回到上面找我们的同伴吧。"

"我们让船听话但是打不开一扇大理石门，实在是太丢人了。"大法师小声说。

在葛琳达的命令下，船上升直到能看到覆盖整个斯克则村庄的大穹顶高度，然后女巫就让潜艇绕着穹顶慢慢画圈。

　　很多在玻璃里面的面孔都把脸贴在玻璃上，焦急地看着潜艇。在另一个地方，多萝西和奥兹玛迅速地通过船上的小玻璃窗子认出了葛琳达和大法师。葛琳达也看到了她们，然后把船靠近玻璃，这样他们可以通过打手势互相问候。不幸的是，他们的身影没法穿透穹顶、水和潜艇。大法师试着用手势让女孩们明白他和葛琳达是来救她们的，而奥兹玛和多萝西从他们已经出现的事实就知道他们是来救她们的。这两个被囚禁的女孩微笑着，知道葛琳达需要时间来实现最后的营救。

　　这时没有其他能做的事情了，葛琳达便命令船回到岸上，船遵命了。首先它升上了水面，然后屋顶打开，降落到船的两边，这魔法船迅速地回到葛琳达命令出发的地方。所有的奥兹人民和斯克则人立刻跑到船边问他们是否到了岛上，是否看见了奥兹玛和多萝西。大法师告诉他们，在大理石门前遇到了阻碍，葛琳达会用魔法来打开这扇门。

　　葛琳达知道需要好几天才能成功登上岛屿去解救他们的朋友和斯克则人民，于是开始准备一些在湖岸和棕榈树之间的帐篷。

　　大法师用巫术变出了一些帐篷，女巫的巫术把这些帐篷装饰一新，里面有床、椅子、桌子、旗子、灯和甚至用来打发时间的书籍。每一个帐篷都插着奥兹王国的皇家旗帜，而其中最大的一个，还没有人住，插着奥兹玛的旗帜在微风中飘扬。

贝特茜和特洛特共用一个帐篷，明亮纽扣和奥乔共用一个。稻草人和铁皮人一个帐篷，南瓜头杰克和邋遢人、比尔船长和亨利叔叔、滴答人和沃格乐巴哥教授都各用一个帐篷。除了奥兹玛的帐篷之外，葛琳达有着最美丽的帐篷，而大法师也有一个小小的帐篷。到了用餐时间的时候，在需要用餐帐篷里的，桌子上就会神奇地出现食物，这样的安排让救援小队的成员舒服得如同在自己的家里一样。

　　葛琳达在自己的帐篷里学习魔法手卷到很晚，希望能找到打开大门的单词，让她进到穹顶里。她还做了一些魔法试验，希望能找到帮助她的东西。但是直到早晨，这强大的巫师都没能成功。

　　葛琳达的能力可以打开任何一扇普通的门，这点你是知道的，但是你也肯定意识到这扇大理石门是用一种魔法单词控制

的，其他的魔法单词都没有办法让它遵守命令。这个保卫大理石门的单词很可能是阔厄欧造出来的，而阔厄欧现在已经忘记了。这样，能进入这个沉没岛屿的唯一办法就是打破这扇紧闭大门的魔法咒语。如果这样成功了的话，就不需要魔法来控制它。

第二天女巫和大法师又进入到潜艇再次潜入到大理石门口，用了各种方法试图打开大门，但是都以失败告终。

"我们看来不得不放弃这个办法了。"葛琳达说，"最简单的抬起这个岛屿的方法，就是让我们进入穹顶然后到地下室去，看阔厄欧用什么样的机器来控制整个岛屿的下沉和升起。之前我想到的方法就是乘着这潜艇，通过大理石门回到阔厄欧把它发射出来的地下室。但是看起来还有其他的方法可以进去，和奥兹玛和多萝西会合，而这个方法必须好好研究才行。"

"这可不简单，"大法师说，"因为我们不要忘记奥兹玛本身也会很多魔法，毫无疑问，她肯定已经尝试了各种办法从里面逃脱，但都失败了。"

"是的，"葛琳达回答，"但是奥兹玛的魔法是精灵魔法，你是一个大法师，而我是一个魔法师。这样我们就有三种魔法可以协同合作，如果我们这样也失败的话，只能说明这座岛上升下降的控制是通过一种我们三个都不熟悉的魔法。我的想法是我们只有寻找——用我们会的魔法来寻找——别的方法来完成我们的目标。"

他们再一次用潜艇绕着穹顶转圈，又一次通过玻璃窗子看到奥兹玛和多萝西，通过手势和这两个被囚禁的女孩交流。

奥兹玛明白她的朋友们正在用全力来解救她们，所以她微笑着鼓励他们。多萝西看起来有点焦急，但是也尽量表现得和自己的同伴一样勇敢。

船回到营地，葛琳达坐在自己的帐篷里，她用各种方法来研究如何解救奥兹玛和多萝西，而大法师站在岸边做梦一般地看着大穹顶在水下面的轮廓。这时他抬起眼睛看到一群奇怪的人从湖的那边走了过来。三个年轻的漂亮女孩，穿着十分的美丽，优雅地走着。她们的后面跟着一个英俊的年轻的斯克则人。

大法师看了一眼就觉得这些人十分重要，于是他上前去迎接他们。这三位女士优雅地接见了他，其中一个金色头发的女孩说

道："我想你就是奥兹王国著名的大法师了，久仰大名。我们在找葛琳达，伟大的女巫，也许你能带我们去她那里。"

"我可以，非常荣幸，"巫师回答，"请跟我来。"

大法师很困惑三位可爱来访者的身份，但是他没有直接问，免得她们尴尬。他明白她们不想回答问题，所以他在带着她们去到葛琳达帐篷的时候没有说话。

他优雅地鞠躬之后，带着这三位来访者来到伟大的葛琳达的帐篷里。

第二十一章

三位大师

　　三位女士进入帐篷的时候，女巫从工作中抬起头来，她们的外貌和举止让她站起来用最优雅的姿势向她们鞠躬。三位立刻向大巫师回礼，然后等她的问话。

　　"不管你们是谁，"葛琳达说，"我欢迎你们。"

　　"我的名字叫做艾达。"一个说。

　　"我的名字叫做艾拉。"另外一个说。

　　"我的名字叫做艾佳。"最后一个说。

　　葛琳达从来没有听说过这三个名字，于是她仔细地看着她们说："你们是女巫还是魔法师?"

"我们只是会一点点从自然中得到的秘密，"棕色头发的女士谦虚地说，"但是我们不会拿自己的魔法和伟大的女巫葛琳达相提并论的。"

"我想你们应该知道，如果没有你们的统治者奥兹玛的同意，在奥兹王国使用魔法是违法的。"

"不，我们不知道，"这是她们的回答，"我们听说过奥兹玛被指定为奥兹王国的统治者，但是我们从来没有听说过她的法律。"

葛琳达沉思着这三位陌生女士的事情，然后说道：

"奥兹玛公主现在被关在斯克则人的村子里，因为整个村子包括它的大穹顶都沉入了阔厄欧女王用魔法控制的湖里，而阔厄欧又被弗拉特赫兹的苏迪克变成了一只蠢天鹅。我正在设法破解阔厄欧的魔法，然后把岛屿升上水面。你们能帮助我么?"

女士们互相交换了眼神，然后白头发的说道：

"我们不知道怎么办，但是我们会试着帮助你。"

"看起来，"葛琳达继续思考着，"阔厄欧的大部分魔法都是从三位曾经统治弗拉特赫兹人的魔法大师那里学来的。当大师们参加她在宫殿里举办的宴会时，她残忍地背叛了她们，把她们变成了鱼，然后扔进了水里。"

"如果我们可以找到那三条鱼把它们变回原来的样子——因

为它们可能知道阔厄欧用来控制岛屿下沉的魔法。我在你们来的时候正好要去岸边召唤鱼群来帮我找到它们。所以，如果你们加入的话，我们一起来找到鱼吧。"

女士们互相微笑着，金头发的艾达对葛琳达说：

"没必要去湖边了，我们就是那三条鱼。"

"啊！"葛琳达叫道，"那么你们就是三个已经变回原样的魔法大师？"

"是的，我们就是那三个魔法大师。"艾佳说。

"那么，"葛琳达说，"我的计划就完成一半了。不过是谁帮助你们破解了身上的魔法？"

"我们发誓不会透露这个，"艾拉说，"但是这位年轻的斯克则人对于解救我们功不可没，他十分勇敢和聪明，我们非常感谢他。"

葛琳达看着依维柯，谦虚地站在大师们的身后，手里拿着帽子。"他应该得到应有的奖赏，"她说，"因为他帮助了你们就如同帮助了我们大家，也许这样还能救助其他沉入水里的人民。"

女巫现在邀请所有的客人坐下来，开始了一番长谈，奥兹的大法师也加入了。

"我们十分肯定，"艾拉说，"如果我们进入到穹顶之后，可以发现阔厄欧的秘密，因为她所有的魔法都是在我们变成鱼之后，用从我们那里偷来的公式和咒语完成的。她也许加了一些其他的东西，但是基础还是我们的知识。"

"那你们有什么好的建议能进去么？"葛琳达问。

三个大师犹豫着不知道如何回答，因为她们还没有想好如何进入大穹顶。她们在沉思着，葛琳达和巫师静静地等待她们的回答。这时帐篷里冲进了特洛特和贝特茜，中间蹦跳着碎布姑娘。

"哦，葛琳达，"特洛特说，"碎片布想到了一个可以救出所有斯克则人和奥兹玛还有多萝西的办法。"

三位大师忍不住笑起来，因为她们不光被碎布姑娘的奇怪外表逗乐了，特洛特的话让她们更觉得很好笑。如果伟大的女巫和著名的大法师还有三位魔法大师都没法解决的问题，塞满棉花的碎布姑娘又怎么可能解决呢？

但是葛琳达充满溺爱地微笑着看着她的小脸儿，拍了拍孩子们的头说："碎片布非常聪敏。亲爱的，告诉我们你们想到了什么？"

"是这样的，"特洛特说，"碎片布说如果我们把湖里的水都放干的话，这样里面就变陆地了，然后大家就可以想什么时候出来就出来。"

葛琳达微笑着没有说话，而大法师对女孩们说：

"如果我们可以把湖水放干，那么住在湖里漂亮的鱼儿们怎么办呢？"

"天啊，对哦。"贝特茜沮丧地说，"特洛特，我们都没有想到这个，对么？"

"我们不能把它们都变成蝌蚪么？"碎片布问道，翻了一个筋斗然后用一只腿站着，"你可以给它们一个小小的池塘栖息，它们也会像做鱼一样开心的。"

"这可不行！"大法师严肃地说，"不经过任何生物的同意就把它们变化成别的东西就是邪恶的。而且这湖是鱼儿们的家，是属于它们的。"

"好吧，"碎片布扮了个鬼脸，然后说，"我无所谓。"

"太糟了，"特洛特说，"我还觉得自己找到了一个很棒的解决方法呢。"

"你们找到了，"葛琳达说，她现在严肃地沉思着，"碎布姑娘的一些话还是有用的。"

"我也这么认为。"金色头发的大师同意道，"大穹顶的上面只离水面几英尺远。如果我们可以降低一些水面的高度，直到穹顶露出水面一点，我们可以打开几块玻璃，然后用绳子把我们降到里面。"

"而这样也有足够的水给鱼群生存。"白头发的女士说。

"如果我们能够成功把岛屿升起来，我们再把湖里放满水。"棕色头大师建议道。

"我相信，"大法师说，高兴地搓着双手，"碎布姑娘向我们展示了成功的方向。"

女孩们好奇地看着三位漂亮的大师，想知道她们是谁。于是葛琳达向特洛特、贝特茜和碎片布介绍了她们，然后让孩子们回去，因为她要思考如何实行新计划。

那天晚上做不了什么事情，于是大法师为三位大师们准备了一顶帐篷，晚上葛琳达召集了所有的跟随者来见新来的伙伴。大师们看到面前的各种各样的人惊呆了，惊奇于南瓜头杰克、稻草人、铁皮人和滴答人真的可以活着，像其他人一样思考和交谈。她们更是被可爱的碎布姑娘逗乐，喜欢看她扮小丑。

真是一个十分热闹的派对，葛琳达提供了可口的食物，稻草人背诵了几首诗句，胆小狮用低沉的男低音唱了一首歌。唯一打扰到他们欢乐的事情就是他们挚爱的奥兹玛和可爱的小多萝西还被困在沉没岛屿的大穹顶里。

第 二十二 章

沉没的岛屿

　　第二天一吃完早饭，葛琳达、奥兹的大法师、还有三位大师就到湖岸边面朝沉没岛屿的地方排成一排。所有的人都过来观看，但是在一个合适的距离之外。

　　女巫的右边站着艾达和艾拉，左边站着大法师和艾佳。他们一起把手臂伸向水的边缘，五位魔法师开始用合唱的曲调吟唱魔法。

　　他们重复了一遍又一遍咒语，温柔地挥着手臂从一边到另一边，几分钟之后，观察者们就发现水面开始消退。不一会儿，穹顶的最高处就露出了水面。水逐渐下降着，穹顶慢慢地展现出来。当穹顶高于水面三到四英尺的时候，葛琳达给出了停止的信号，因为他们的工作已经完成了。

黑色的潜艇现在已经完全不在水里，亨利叔叔和比尔船长把它推进了水里。葛琳达、大法师、依维柯和三位大师进到船里，带着一圈牢固的绳子，在女巫的命令下，小船从水里直直地划向已经可见的穹顶。

"还有足够的水给鱼儿生存呢。"巫师边前进边观察，"它们也许需要更多的水，但是在我们把岛屿抬起来之前，它们会适应的，然后我们把湖水再灌满。"

船碰到了倾斜的玻璃穹顶，巫师从黑色袋子里拿出一些工具，迅速撬开一片玻璃，这样就出现了一个足够大的可以让他们的身体通过的洞。结实的钢筋支撑着穹顶，就在一条钢筋的上面大法师把绳子系在上面。

"我先下去，"他说，"虽然我没有比尔船长灵活，但是我还是可以轻松办到的。你们确定这绳子长度够到底？"

"当然了。"女巫回答道。

于是大法师放下绳子爬上开口，慢慢地下去，一步一步，用腿和脚绕着绳子。在村庄下面的街上，斯克则人民，男人、女人和小孩，当然还有奥兹玛和多萝西，陪同奥瑞克斯女士，都欢乐地看着他们的朋友终于来救他们了。

女王的宫殿现在已经被奥兹玛占领，正在穹顶的下方，所以当绳子放到尽头的时候，正好就在宫殿的门口。几个斯克则人抓住绳子的末端，让它不再摇晃，大法师就可以安全地下来。他首先拥抱了奥兹玛，然后是多萝西，所有的斯克则人都为他的成功而欢呼。

巫师发现绳子对折之后都足够从地上到顶上，于是他系上一把椅子在绳子的末端让葛林达坐在椅子上，几个斯克则人拉着她放到人行道上。用这样的方式，女巫非常舒适地下来了，后面跟着三位大师和依维柯。

斯克则人立刻认出了三位魔法大师，在他们的女王背叛她们之前，人们就非常尊重她们。所有的人都被囚禁在水下吓坏了，但是现在知道要被救出去了。

葛林达、大法师和大师们跟着奥兹玛和多萝西到了宫殿里面，他们要求奥瑞克斯女士和依维柯加入他们。奥兹玛讲述了她如何试图阻止弗拉特赫兹人和斯克则人之间的战争之后，葛林达又告诉他们关于救援小队和三位大师被依维柯救出来的故事。一个严肃的会议在这里举行，讨论如何把岛屿再次升上水面。

"我用尽了我所有的能力，"奥兹玛说，"但是阔厄欧用了一种十分奇怪的魔法，我不是很理解。她似乎用一种特定的单词来

准备魔法，让她的设计能够实现，而这些魔法单词只有她自己知道。"

"那是我们教她的一种好办法。"大师艾拉说。

"我不知道怎么办呢，葛琳达，"奥兹玛继续道，"所以我希望你能试试你所有的魔法。"

"那么，首先，"葛琳达说，"让我们参观一下建在村庄下面的地下室。"

一段大理石阶梯路从阔厄欧的私人房间通到地下室，但是当大家到达的时候，看到这些东西都非常困惑。在这个宽阔低矮的房间中心，放着一些巨大的齿轮、锁链和滑轮，都从内部连接着，似乎形成一个巨大的机器，但是没有发动机或者是驱动来让齿轮转动。

"这个，我想，应该是岛屿上升下沉的控制机器吧。"奥兹玛说，"但是我们都不知道能让这个机器转动起来的魔法单词。"

三位大师仔细地检查了这些大的轮子，然后金头发的说道：

"这些轮子不是控制岛屿的。相反，其中一个是控制放着小潜艇房间大门的机器，从锁链和滑轮的用处上可以知道。每一艘潜艇都被放在有两扇门的小房间里，一扇门通向我们正站着的地下室，一扇门通向湖水。

"当阔厄欧用这潜艇去攻击弗拉特赫兹人的时候，她首先命

令地下室的门打开，然后和她的手下一起进到船里，让上面盖起来。接着地下室的门就关了起来，外面的门慢慢地开启，让水进来淹没船，这样他们就离开了水下的岛屿。"

"但是她怎么再回来呢？"巫师问。

"当船回到全是水的房间里的时候，外面的门就通过一个指令关上了，水就开始从这个房间里被抽出去。潜艇打开来，阔厄欧就可以出来进入地下室了。"

"我明白了，"巫师说，"真是十分精巧的设计，但是除非知道魔法单词，要不然也没用。"

"另外一个机器的部分，"白头发的大师说，"是用来控制从岛屿伸到大陆上的桥。钢铁桥就放在和放船的房间很像的一个房

间，阔厄欧的命令会让它一节一节地伸出去，直到碰到河岸。同样的魔法命令会让它回到原来的地方，当然了，当岛屿在水下的时候，桥就没有什么用了。"

"但是你知道阔厄欧是怎样让岛屿下沉和上升的么？"葛琳达问。

关于这个，大师们现在还不能解答。因为在地下室再也找不到什么来解释了，于是他们就踏上台阶，回到了阔厄欧的私人套房。奥兹玛带领大家参观阔厄欧放所有魔法器具的特别房间。

第 二十三 章

魔法单词

　　在这个魔法房间里，可以看到很多有趣的东西，包括三位大师被变成鱼的时候阔厄欧偷走的东西，但是她们不得不承认阔厄欧是机械机关的天才，因为她用了这些知识制造了很多普通巫师都不会的机械装备。

　　他们仔细地检查了整个房间和每一个看到的物品。

　　"这座岛屿，"葛琳达思考着说，"是造在一块坚固的大理石上的。当它沉下去的时候，就像现在，底座悬浮在湖的底部上。困惑我的是，即使用魔法，能够支持多重的力量呢？"

"我记起来了，"艾佳说，"我们教会阔厄欧的其中一项就是如何延展钢铁，我想这样就能解释为什么岛屿沉没但是没有完全沉下去。我发现在地下室有一根大铁柱子，穿过地板直接到了这个宫殿里，也许它的末端就藏在这个房间里。如果这根铁柱的下端确实是固定在湖底的话，阔厄欧就可以用魔法咒语让柱子延伸，这样整个岛屿就能伸出水面了。"

　　"我找到了铁柱子的末端了，就在这里。"大法师说，指着房子另外一边的地方，一个巨大的打磨过的钢铁水池看起来就在地板上。

　　他们都聚在一起，奥兹玛说：

　　"是的，我确定这就是支撑整个岛屿的铁柱的末端。我第一次来到这里就注意到它了。这里面是空心的，你们看，还有什么东西的灰烬在里面，因为火焰留下了记号。我想知道大脸盆下面是什么，所以叫了几个斯克则人来这里试图把它抬起来。虽然他们都很强壮，但是挪不动它分毫。"

　　"对我来说，"大师艾达说，"我们应该已经发现了阔厄欧如何升起岛屿的秘密。她会在这水池里燃烧一些魔法粉末，念出魔法咒语，铁柱就会升起来顺带把岛屿一起升起来。"

　　"这是什么？"和其他人一起搜寻的多萝西喊道，她发现了墙壁上一处微小的空心，就在大水盆所处地方的旁边。就在她说话的时候，多萝西把大手指伸进这个空隙，立刻有个小抽屉从墙里弹了出来。

三位大师、葛琳达和大法师都跳上前来仔细观察这个抽屉。这里面大半都是一种浅灰色的粉末，不停地动着，似乎被什么力量所推动。

"这也许是某种镭。"巫师说。

"不，"葛琳达说，"这比镭更神奇，因为我认识它，它是一种珍稀的矿物粉末被巫师们叫做瓜络。我想知道阔厄欧是怎么发现并且得到它们的。"

"毫无疑问，"大师艾佳说，"这就是阔厄欧在水盆里燃烧的魔法粉末了。如果我们知道魔法单词的话，我们就肯定能升起岛屿了。"

"我们怎么发现魔法单词呢?"奥兹玛对着葛琳达问。

"我们要好好想想这个问题。"女巫回答。

所有的人都坐下来然后开始思考,太安静了以至于多萝西觉得很紧张。这小女孩很少能长时间保持安静。冒着打断自己魔法朋友思考的危险,她突然说:

"那么,阔厄欧只用三个魔法单词,一个让魔法桥工作,一个让潜艇离开房间,一个升高和降低岛屿。三个单词,而阔厄欧的名字正好就是三个单词。一个是'阔',一个是'厄',还有一个是'欧'。"

大法师皱了皱眉,葛琳达好奇地看着年轻的女孩,而奥兹玛喊道:"好想法,亲爱的多萝西!你可能就这样解决了我们的问题!"

"我想这值得一试,"葛琳达说,"阔厄欧把自己的名字拆分成魔法单词也是十分自然的事情。多萝西的建议确实很有灵感。"

三个大师都赞同试一试,但是棕色头发的说道:

"我们需要小心不要用了错误的单词,然后把桥给送出水里。最重要的是,如果多萝西的猜测是对的,就是要找到能升起岛屿的单词。"

"让我们试试就是了。"大法师说。

在放着移动的灰色粉末的抽屉里还有一只金色的杯子。他们想这杯子应该就是用来称量的。葛琳达用杯子装满粉末，然后小心地把它倒进水池里，也就是支撑整个岛屿的铁柱的末端。大师艾拉燃起一支细蜡烛，点燃粉末，接着粉末就热烈地流动，变成红色在水盆里以惊人的能量翻滚。当里面的粉末还在闪现红色的时候，巫师弯腰看着它们然后说道："阔！"

他们一动不动地等着看湖发生什么。一声刺耳的声音发出，还有机器运转的声音，但是岛屿一点都没动。

多萝西跑到窗户边上，看着玻璃穹顶外面。

"船！"她说道，"船都被射出来在水里了。"

"我们犯了一个错误。"大法师郁闷地说。

"但是这表明我们在正确道路上，"大师艾佳说，"我们确实知道了阔厄欧是用自己的名字做魔法单词。"

"如果是'阔'指挥船的话，那么很可能'厄'是指挥桥的，"奥兹玛说，"所以最后一个单词应该是用来升起岛屿的。"

"那就让我们试试看。"大法师建议道。

他刮掉水池里燃烧的灰烬，葛琳达继续把杯子装满倒在水池里。艾拉用细蜡烛点燃，奥兹玛俯下身来念出咒语："欧，欧，欧！"

岛屿立刻颤抖着，开始发出奇怪的咆哮，慢慢地升起，非常慢，但是稳稳的，所有人都站在一旁没有声音。真是神奇，即使

对于那些熟悉魔法的魔法师来说，仅仅用一个单词就可以抬起这沉重的岛屿，和这它上面巨大的玻璃穹顶。

"啊，我们现在已经在湖上面了！"多萝西从窗户上看到岛屿停止移动的时候说。

"因为我们把湖水的高度降低了。"葛琳达说。

他们可以听到斯克则人在村庄的街道上狂欢，因为他们发现自己被解救了。

"来，"奥兹玛渴望地说，"让我们下去加入他们吧。"

"还不是时候，"葛琳达可爱的脸上是高兴的微笑，她对于他们的成功非常满意，"首先让我们把桥送到大陆上去，我们来自翡翠城的朋友们都在等着呢。"

把粉末放进水池点燃，喊出咒语"厄"都没有花很长时间，地下室的一扇门打开了，钢铁桥伸出去，一节一节地伸展，最后最末端到了大陆，就在露营地的边上。

"现在，"葛琳达说，"我们可以上去接受斯克则人民的庆祝和我们救援小队队员祝福了。"

横跨水面，在湖的另外一边，碎布姑娘向他们挥着手。

第 二十四 章

葛琳达的胜利

加入葛琳达救援小分队的队员们立刻就乘着桥来到的岛上，受到斯克则人民热烈的欢迎。在集合的人民面前，奥兹玛公主在宫殿的门廊前发表了一场演讲，要求他们认识她，承认她是他们的统治者，永远遵守奥兹王国的法律。作为回报，她会同意保护他们远离自然灾害，以及声明他们不会再受到邪恶和残虐的对待。

这让斯克则人民十分满意，奥兹玛告诉他们会重新选出一个女王来统治他们，她也会臣服于奥兹玛的统治，他们票选了奥瑞克斯女士，新女王的加冕仪式就在同一天举行，奥瑞克斯成为了宫殿的新女主人。

女王选择依维柯作为她的首相，因为三位大师告诉大家他的聪明和诚实，所有的斯克则人都同意这项选择。

葛琳达、大法师和三位大师站在桥上念出一种咒语，把湖水再次注满湖里，稻草人和碎布姑娘爬上了穹顶，修理了被拿掉玻璃的地方。

夜幕降临的时候，奥兹玛准备了一场隆重的宴席，每一个斯克则人都被邀请过来。村庄被美丽地装饰着，四周十分明亮，有音乐和舞蹈，大家庆祝到很晚。因为斯克则人现在是自由的，不只是从水里被解救出来，还从他们原来残忍的女王手里被解救出来。

就在翡翠城人民准备第二天离开的时候，奥瑞克斯女王对奥兹玛说："我现在只为我的人民担心一件事情，就是我们可怕的敌人弗拉特赫兹的苏迪克。他随时会到这里骚扰我们，应该得到惩罚。我的斯克则人民十分平和，没有能力和野蛮的弗拉特赫兹人战斗。"

"别担心，"奥兹玛保证说，"我们打算在回去的路上到弗拉特赫兹人山上去惩罚邪恶的弗拉特赫兹人苏迪克。"

这让奥瑞克斯十分满意，当奥兹玛和她的随从们翻过铁桥来到岸边离开了他们的朋友的时候，所有的斯克则人向他们欢呼和挥舞手帕、帽子，乐队演奏着进行曲，这实在是一场令人难忘的仪式。

曾经明智又开明的统治弗拉特赫兹的三位魔法大师，和奥兹玛、还有她的人民一起去了山上，因为她们答应奥兹玛留在山上，确保奥兹玛的法律被执行。

葛琳达听说了奇怪的弗拉特赫兹人的事迹，于是在和大法师商量过后，他们想出一个用智力取胜弗拉特赫兹人的办法。

当小分队来到山下的时候，奥兹玛和多萝西向大家演示了如何通过隐形的墙——这墙是在三位大师被变成鱼之后弗拉特赫兹人建造的——上上下下地爬楼梯来到山顶上。

苏迪克从山上就看到了小分队来到了山上，当他看到三位魔法大师已经恢复了原来的样子，并且回到原来的家的时候，他吓傻了。他明白他的力量马上就会消失了，但是他也立刻决定要战斗到最后一刻。他召集了所有的弗拉特赫兹人，武装他们，告诉他们去逮捕任何敢踏上台阶的人，然后把他们从山顶上扔下去。尽管弗拉特赫兹人非常害怕这个最高独裁者，他威胁他们如果他们不听从命令的话，就会惩罚他们，但在当他们看到三位大师的时候，还是立刻扔掉了自己的武器，求他们原来的统治者保护他们。

　　三位大师向激动的弗拉特赫兹村民保证他们不需要再害怕。

　　苏迪克看到他的人民背叛了他，便试图躲起来，但是大师们找到了他把他关进了一个监狱，他所有的罐头脑子都被没收了。

　　非常轻松地征服了苏迪克之后，葛琳达告诉了大师们她的计划已经被奥兹王国的奥兹玛同意了，于是她们也就很高兴地表示赞同。于是，在之后的几天里，伟大的女巫把弗拉特山上的每一个弗拉特赫兹人都变形了。

　　一次一个，她把每个人的罐头大脑打开然后浇在他们的平头上，用她的某种法术让他们的头长大包裹住大脑——就如同大部分人那样——这样他们就像奥兹王国其他地方的人一样聪明和漂亮了。

　　当所有的人都被这样变形之后，就再也没有弗拉特赫兹人了，于是大师们决定帮他们改名为山民。葛琳达巫术的一个好处就是，每个人的脑子都没办法被别人抢走了，每人都拥有了自己该有的那个脑袋。

即使是苏迪克也被分配到了自己的那份大脑，头也长圆了，像其他人一样。但是他被剥夺了干坏事的能力，并由三位大师持续看管他，直到他乖乖听话，变得谦虚。

那只在大街上乱跑、完全没有脑子的金猪，被葛琳达解除了魔法，以女人的形态接受了大脑和圆头。苏迪克的妻子曾经比他邪恶的丈夫更加邪恶，但是现在她已经完全忘记自己原来的邪恶，只想从今以后做一个好女人。

这些事情都圆满落幕了，奥兹玛公主和自己的人民向三位大师告别之后就开始向翡翠城返回，对自己的有趣冒险十分满意。

他们沿着奥兹玛和多萝西来的路回去，在当时他们放下锯木马和红色皇家马车的地方找到了它们。

"我很高兴去拜访了这些人民，"奥兹玛公主说，"因为我不仅仅阻止了他们之间可能爆发的战争，而且也帮助他们从苏迪克和阔厄欧女王的统治中解放出来。他们现在都是快乐的奥兹皇家臣民。这也证明了尽职是一个人最明智的做法，不管这个职责看起来是否会令人愉快。"